KB158710

청년 택배 기사
자본주의에서 살아남기

청년 택배 기사 자본주의에서 살아남기

김희우 지음

**모든 삶은 물류다,
오늘도
인생 배송 완료**

행성B

차례

 1부

2년 만에 집 밖으로 나가

택배 기사로 첫발을 내딛고

택배 일을 더 잘하기 위해

📍 **누구도 알려 주지 않던 택배 정보1**

습관을 바꾸고 일상을 가꾸며

다른 시선으로 세상을 보게 되다

📍 **누구도 알려 주지 않던 택배 정보2**

통장 잔고 20만 원, 택배 일의 시작

택배가 멈추면 세상은 그날로 마비된다. 사람들은 일상의 모든 것을 택배로 주고받고 팔고 산다. 기업들끼리의 제품부터 개인이 먹고, 마시고, 입고, 사용하는 모든 것을. 택배로 보낸 물건이 고객 앞에 도착하기까지의 과정에는 반드시 택배 기사의 우직한 노동이 동반된다. 사실 자본주의의 모든 것이 그렇다. 편리한 시스템 뒤에는 수많은 노동자의 보이지 않는 땀이 흐른다. 그리고 그 노동자들이 일하는 이유도 결국 자본주의 사회에서 살아남기 위해서다. 이 책은 자본주의 시스템의 축소판인 택배 산업 현장에서 일한 육체노동자의 이야기이자, 막다른 상황에 처한 20대 청년의 생존기이다.

스물여덟 1월의 나를 요약하면 이렇다.

이름 김희우

나이 스물여덟

대학 졸업장 없음

직업 없음

경력 광고회사 등 몇 번의 사업 경험, 현재 폐업 상태

특이 사항 집에 틀어박혀 아무것도 하지 않는 은둔형 외톨이 생활 1년
6개월째

통장 잔고……

세상 사람들이 '정상'이라고 정의하는 삶의 궤도를 이탈한 지 오래였다. '멀쩡한' 삶을 사는 이십 대 후반 청년이라면 '보통' 가지고 있는 것들에서 나는 오래전에 멀어져 버렸다. 그 삶으로 다시 돌아가고 싶어도 갈 수가 없었다.

"지금도 늦지 않았어."

누군가는 이렇게 말할 것이다. 어떤 사람에게는 분명 큰 힘이 되고 기적을 만들 수도 있을 말이다. 다만 그 '어떤 사람'에 나는 포함되지 않는 것 같았다.

현실적으로 스물여덟에 입시를 거쳐 그럴싸한 대학에

간다 한들 졸업할 때면 내 나이는 함께 일할 선배들 나이를 훌쩍 넘어선다. 발버둥 쳐서 정상 궤도에 다시 합류해도 기회비용이 커져 버린 상태였다. 보통의 삶에서 이탈하는 일은 그런 것이다. 한 해 한 해 지날수록 선택하지 않았던 길과의 거리는 복리처럼 불어나 어느새 뒤돌아보면 평범한 삶이 보이지도 않을 정도로 멀어져 있다. 그러나 이 삶은 어디까지나 더 큰 꿈을 꾸기 위해 내가 선택한 길이었고 후회는 없다.

문제는 내게 돈이 없다는 사실이었다.
통장 잔고 20만 원.

아무 생각 없이 은행 애플리케이션에 들어가 잔고를 확인했는데, 그 순간 머리를 한 대 세게 얻어맞은 기분이었다. 직장도 없고, 부모에게 물려받을 사업도 없고, 번듯한 대학 간판도 없는데 이제는 돈도 없었다.

내가 어떤 삶을 살아왔고 어떤 생각을 하고 있는지는 이 세상 관점에서 전혀 중요한 게 아니었다. 나는 그냥 전 재산 20만 원의 은둔형 외톨이 고졸 백수였다. 전두환의 생전 공식 통장 잔고 28만 원보다 내 잔고가 더 적다니!

충격으로 잠깐 숨도 쉬어지지 않았다. 더 심각한 문제는 이 상황이 될 때까지 스스로 아무 생각이 없었다는 점이다. 어쩌다 내 삶이 이렇게 됐나. 죽음을 앞둔 것도 아닌데 지난 삶이 영상처럼 머릿속을 빠르게 스쳐 지나갔다.

역설적이게도 20만 원만 남은 이유는 내가 고졸이거나 멀쩡한 직장이 없어서가 아니었다. 오히려 평범한 사람들이 하지 않을 선택을 과감히 저지르고 성과를 냈던 경험에서 오는 우월감 때문이었다. 나도 모르게 나는 남들과 다르다는 오만함을 갖고 있었다.

내가 갖고 있던 자신감이 오히려 내 정신을 약하게 만들었던 것 같다.

사업을 하며 크고 작은 성공을 수없이 겪고 큰돈도 벌어 봤다. 그러나 정작 인생의 위기 앞에서 단단해지는 연습은 하지 못했다.

대학입시를 거부했지만 열심히 살지 않았던 적은 없었다. 고등학생 때 헤르만 헤세를 만난 뒤 1,000권이 넘는 책을 읽고 틈틈이 기록을 남겼다. 십 대 시절부터 수많은 사회운동과 봉사활동에 참여했다. 군대 제대 후에는 사업에 뛰어들어 한때는 한 달에 수천만 원의 돈을 벌기도 했다. 그러다 진심으로 믿고 의지했던 동료가 돈을 빌리고 잠적해 모든 것을 잃었다.

8,000만 원, 많다면 많고 적다면 적은 돈이다. 하지만 액수보다 중요한 게 있었다. 그때까지 내 전부를 걸었던 사업, 수많은 프로젝트와 기회, 그리고 사람에 대한 신뢰가 무너졌다. 당장 그 돈을 잃었다고 감당할 수 없는 빚이 생기지는 않았다. 다만 믿었던 사람에게 배신당하고, 인생을 걸었던 사업을 잃었다는 사실이 큰 상처로 남았다. 그때 내 안의 무언가가 망가져 버린 것 같다.

그 뒤 1년 6개월 넘게 나는 방에 틀어박혀 나오지 않았다. 연애도 하지 않았고, 어떤 경제활동도 하지 않았고, 웃지도 않았다. 무엇을 해도 재미가 없었다. 방으로 숨어들 무렵 내 통장에는 2,000만 원이 있었는데 나는 그 돈을 쓰기만 하며 그저 살아 있기 위해 살았다. 그러나 잔고가 20만 원이 된 걸 본 순간, 오랫동안 내 몸을 떠나 있던 정신머리가 돌아왔다.

이렇게 살아서는 안 되겠다.

스물여섯에 모든 활동을 멈췄던 나는 그 사이 스물여덟이 되었다. 내가 이룬 모든 것이 사라졌고 고졸 학력은 도전 정신의 증거가 아닌 결함이 되었다. 허기를 채우듯 게걸스레 읽어댔던 수많은 책은 한 구절도 생각나지 않았다. 그야말로 제로 베이스. 완전히 텅 비어 오히려 다시 태어난 것 같았다. 세상 모든 것이 새롭고 위험한 신생아 상태에서 나는 다시 시작해야 했다.

나를 이렇게 만든 건 돈이었다. 돈이 다는 아니었지만 결국은 돈이었다. 잃어버렸던 8,000만 원을 온전히 내 힘으로 다시 벌어 보자. 그리고 사업이든 장사든 다시 도전해 보자.

그렇게 나는 절망의 끝에서 택배 일을 시작하게 되었다.

누구나 다 그런 건 아니겠지만, 택배 일을 시작하는 사람들은 절박한 경우가 많다. 절박함과 책임감을 가지고 수많은 계단을 오르내리고 악천후에도 묵묵히 고객과의 약속을 지켜낸다. 개인사업자라서 경비를 본인이 부담하니 치밀하게 계산해야 이익을 남길 수 있다. 하지만 택배 일이 꼭 힘들기만 한 것은 아니다. 하고자 하는 마음과 건강한 몸이 있다면 할 수 있고 해볼 만한 정직한 노동이기도 하다. 나는 택배 일을 하면서, 땀 흘리며 몸을 움직이면서 상처 입은 묵은 마음을 비워내고 세상으로 나아갈 수 있었다.

이 책에 "고객님의 소중한 상품이 배달되었습니다"는 문자가 전송되기까지 그 이면에서 일어나는 택배 세계의 모든 것, 고객들은 알 수 없는 택배 기사의 사생활을 낱낱이 풀어놓았다. 그물처럼 연결된 택배망, 치열한 자본주의 세계에서 모든 이의 일상을 책임지는 기사들의 이야기를 담으려 했다. 또한 투박한 육체노동자인 20대 택배 기사가 자본주의에서 살아남으려 애쓴 노력의 기록이기도 하다. 여기에 실린 이야기를 독자들이 각자의 시선으로 읽어냈으면 좋겠다.

여기 실린 글들은 〈브런치〉와 〈딴지일보〉에 '29살 택배 기사입니다'라는 제목으로 몇 개월 동안 연재되었다. 내 부족한 글들은 의도치 않게 독자들의 많은 관심을 받았고, 딴지일보에서는 '23년도 최다 조회수'라는 타이틀을 얻을 정도로 폭발적인 인기를 끌었다. 그 덕분에 좋은 출판사를 만나 책을 출간할 기회를 얻었고, 또 다른 세계를 경험하는 용기를 가질 수 있게 되었다. 이에 구독자분들과 행성B 출판사에 깊이 감사드린다. 나의 이야기가 독자님들의 새로운 도전에 약간이나마 도움이 되었으면 좋겠다.

이제 나는 스물아홉 택배 기사의 삶을 말하려고 한다.

딩동!
독자님을 위한 택배 용어가 배송 완료되었습니다.

※ 실시간 배송 정보 속 용어만 알아도 책 읽다 혼돈의 삼각지대에 빠지지 않고 당일 독파가 가능합니다.

① 집화 처리　② 서브 터미널 ③ 간선 ④ 상차
⑤ 허브 터미널 간선 ⑥ 하차　허브 터미널 간선 상차
서브 터미널 간선 하차　⑦ 배달 출발　⑧ 배송 완료

① **집화** 상품이나 화물을 한곳에 모으는 일이다. 한마디로 누군가 보낸 택배를 배송하기 위해 수거하는 행위를 뜻한다.

② **서브 터미널** 쉽게 이해하자면 택배 기사의 출근지다. 집화한 택배가 이곳에 모여 허브 터미널로 이동한다. 해당 지역에 도착한 택배를 배송하기 위해 거치는 곳도 서브 터미널이다. 여기서 구역별로 다시 분류하고 담당 택배 기사가 화물차에 실어 배달에 나선다.

③ **간선** 줄기가 되는 주요한 선, 도로나 철도를 뜻하는 단어다. 택배에서 간선이란 특정 지역과 중계지, 혹은 중계지와 중계지 사이 대형 화물차의 운행 노선이라 보면 된다.

④ **상차** 화물차에 택배를 싣는 일이다.

⑤ **허브 터미널** 여러 지역에서 보낸 택배 상자를 한꺼번에 모아 놓는 '물류의 중심지'이다. 여기에서 배송 지역별로 분류하고 11톤 화물차에 실어 서브 터미널로 보낸다. 보통 고속도로로 전국과 연결되어 있는 지역에 위치한다.

⑥ **하차** 차에 있던 택배를 내리는 일을 뜻한다.

⑦ **배달 출발** 담당 기사가 그날의 택배를 차에 모두 싣고 배달을 위해 서브 터미널에서 출발했다는 의미다. 이를 배송 완료로 착각하지 말자, 아직은 택배 기사의 차에 실려 있다.

⑧ **배송 완료** 문 앞, 택배 보관함 등 지정된 장소에 택배가 도착했다는 의미로 반갑게 상자를 열 시간이다!

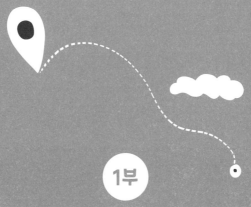

1부

2년 만에 집 밖으로 나가

택배 일 하려는데,
왜요?

택배 일을 생각하며 처음 떠오른 사람은 이십 대 초반에 만났던 여자 친구였다. 그 친구는 우리나라에서 가장 좋은 예술대학 중 한 곳에 다녔다. 그것도 돈이 없으면 결코 할 수 없는 비싼 악기를 다루는 전공이었다. 그 친구 아버지 직업이 바로 택배 기사였다.

이미 지나간 인연의 자세한 사정을 말할 수는 없지만 전 여자 친구에게 아버지는 극복하기 힘든 열등감이었고, 상처였다. 하지만 택배 일이라는 게 사람들이 쉽게 무시하는 육체노동이면서, 한편으로는 딸에게 비싼 악기와 레

슨비를 지원하며 좋은 학교에 보낼 수 있을 만큼의 돈을
버는 일이라는 사실을 나는 그때 알게 되었다.

나의 마음을 움직인 두 번째 사람은 뭘 하며 돈을 벌어
야 하나 머리를 싸매고 있던 어느 저녁, 엘리베이터에서
우연히 만난 한 택배 기사다. 삼십 대 초반 정도로 보이는
분이었다. 느긋한 미소를 띠고 있는데 참 여유롭고 좋아
보여서 나도 모르게 이렇게 물었다.

"택배 일 어때요?"

무례하고 당황스러울 수도 있는 이 질문에 그는 시원
스레 답해 주었다.

"진작 안 한 게 후회돼요."

예상 못한 답에 나도 모르게 급히 되물었다.

"왜요?"

"그게, 생각보다 벌이가 좋더라고요. 힘들긴 한데 일하
는 시간에 대비해 생각하면 돈을 많이 벌어요."

막연히 돈이 되는 일이란 사실은 알고 있었지만 현재
몸담은 사람에게 이런 말을 들으니 또 다른 신선한 충격
이었다. 이때부터 나는 결심을 굳혔다.

"나 택배 일 할 거야."

우선 주변에 선언부터 했다. 그렇게 하지 않으면 내 결심을 지킬 수 없을 것 같았다. 친구들을 만난 자리에서 내 결심을 이야기하자 한 친구가 이렇게 물었다.

"새로운 사업을 하려는 거야?"

예상하지 못한 반응이었다.

"아니, 그냥 택배 일 할 건데?"

당당하게 대답했지만 친구들은 여전히 내 말뜻을 제대로 이해하지 못했다.

"그러니까 네가 말하는 택배 일이라는 게 대체 뭘 말하는 거야? 어떤 사업인데?"

"아! 사업 같은 게 아니라, 인터넷으로 물건 사면 갖다주는 일!"

이렇게까지 이야기하니 겨우 이해한 듯했다. 하지만 내 말뜻을 깨달은 순간 친구들 얼굴은 하나같이 창백해졌다.

"…… 택배 기사?"

믿을 수 없다는 듯 묻는 친구에게 더 이상 말할 의지도 없어 고개만 끄덕였다. 그러자 다들 도저히 이해할 수 없다는 표정으로 한마디씩 보태기 시작했다.

"대체 왜 그런 일을 하려는 거야?"

"제정신이야?"

"너 정말 사업이 제대로 망하긴 했구나?"

별 생각 없이 하는 말인지 조롱인지 알 수 없었지만, 기분이 상하진 않았다. 그들 입장에선 내가 무슨 외계인처럼 보였을 테다. 친구들은 대부분 경제적으로 여유 있는 환경에서 자랐다. 육체노동을 진지한 업으로 삼는 결정은 그들에게는 상상조차 어려운 일이었다. 잠깐 부모님에게 반항하고자 재미로 한두 달 한다면 모를까 그 자리의 친구들이 돈을 벌기 위해 택할 일은 아니었다.

친구들과 나의 경제적 상황과 배경은 아주 달랐다. 뜬금없고 조금은 민망한 고백이지만 나는 겉으로 보기에는 부유해 보이는 가정에서 자랐다. '강남 8학군'에서 학창시절을 보냈고 '잘사는 집 아이'처럼 보였던 것도 사실이다. 그러나 결정적으로 우리 집은 잘사는 집이 아니었다.

친구들이 우리 집보다 훨씬 잘산다는 건 어른이 되고 나서야 알았다. '강남 8학군에는 왕따가 없다'는 속설이 있다. 조건과 배경으로 대놓고 차별하지 않는, 최소한의 예의와 교양을 지키는 그 특유의 분위기 때문일지도 모르겠다. 나이가 들수록 나와 친구들의 경제적 격차가 막연히 생각했던 것보다 훨씬 크다는 사실을 알게 되었다.

어느 집에나 남들 눈에 보이지 않는 사정이 있다. 내가 아주 어릴 때 아버지는 주식 투자로 전 재산을 날렸다. 그 때문인지 다른 이유가 또 있었는지는 알 수 없지만, 나는 기억도 나지 않는 어린 시절부터 몇 년간 할머니, 할아버지 밑에서 자랐다. 초등학교 입학 즈음 다시 부모님과 함께 살게 되었을 때는 입양된 것 마냥 한동안 모든 게 낯설었다.

지금은 사정이 나아졌지만 우리 집은 항상 자산보다 빚이 더 많았고, 스무 살 무렵까지도 가족 네 명이 50제곱미터도 안 되는 낡은 상가주택에 살았다. 고등학교 때는 집을 뛰쳐나가 고시원을 전전하며 막노동을 했다. 그 무렵 택배 상하차 아르바이트도 처음 해 봤다.

군 제대 후에는 스피닝과 운동 강사를 했으며 이후 무자본 창업을 했다. 수입이 최저 시급에 못 미칠 때도 있었지만 수많은 밤을 지새우고 열심히 일했다. 하지만 생각해 보면 내게는 항상 돌아갈 집이 있었고, 정말 길거리에 나앉을 상황이라면 손을 내밀어 줄 가족들이 있었다. 내가 아무리 독립적인 인간이고 혼자 잘 살아왔어도 이는 변치 않는 사실이다.

이제는 내가 가족의 그늘이 되어 주어야 한다. 많은 어려움이 예상되지만 그런 것들을 고민할 여유도 없다. 나처럼 대학 입시에 편승조차 하지 않은, 취업률을 포함한 청년 통계의 가장 어두운 부분에 속하는 궤도 밖 인간이라면 더 말할 것도 없다.

친구들이 경악하는 반응을 보이자 오히려 택배 일이 하루빨리 하고 싶어졌다. 그들이 밑바닥으로 여기는, 상상도 하지 못한 그 자리에서 오로지 내 몸과 내 정신력으로 땀 흘려 돈을 벌고 싶었다. 그게 아니면 1년 반이라는 내 인생의 공백기에 영원히 멈춰 있게 될 것만 같았다.

나는 정말 절실히 다시 시작하고 싶었다.
세상으로 나가고 싶었다.

테헤란로 광고회사 대표에서
상봉동 택배 기사가 되기까지

    살면서 가장 많은 돈을 벌었던 시절은 광고업에 몸담 았던 때다. 삼성역과 신논현역 사이에 들어선 테헤란로 빌딩들을 흔히 '코인'이라고 부르는 가상자산 회사가 점 령하고 있을 때였다. 그 사이에서 나도 수많은 가상자산 회사를 상대로 사업을 했다.

    2017년도 당시 내 나이는 이십 대 중반이었다. 또래 친 구들은 군대를 다녀와 한창 대학생활을 했다. 코인이라고 하면 가상자산이 아닌 코인노래방을 떠올리는 일이 더 자 연스러운 나이였을지도 모른다. 그러나 나는 '코인백서'

쓰는 일을 했다.

코인백서란 새로 론칭한 가상자산과 그 가상자산을 만든 회사에 대한 갖가지 정보를 담은 일종의 소개서다. 이 백서를 참고해 투자자는 투자 가치를 판단한다. 잘 쓴 백서는 가상자산의 가치를 올리기도 하고 투자를 성공으로 이끈다. 하지만 정보에 허점이 있거나 소개한 가상자산에 실질적인 가치가 없을 경우 투자자를 속이는 셈이 된다.

코인백서를 처음 쓸 때 나는 우리나라 코인 업계에 대해 전혀 몰랐다. 다만 블록체인 기술에는 관심이 있었기 때문에 비트코인과 같은 암호화폐에 긍정적인 인식을 가지고 있었다. 그러던 중 전혀 생각지 못한 기회에 코인백서를 접하게 되었다.

광고회사를 운영하던 어느 날 디자인 외주를 주었던 대표가 회의 중에 종이 뭉텅이를 던져주었다.

"희우 씨, 혹시 이런 것도 쓸 줄 알아요?"

나는 호기심에 종이를 받아 들고 단숨에 읽어 내려갔다. 우리 업체가 발행한 암호화폐가 앞으로 현실적인 사용 사례가 늘어나고, 많은 투자를 받는 등 성장 잠재성이 있어 가치가 올라갈 것이니 투자하라는 글이었다.

내가 가진 블록체인에 대한 관심과 사전 지식을 바탕

으로, 충분히 잘 쓸 수 있을 것 같았다. 나는 당시에 큰 의심 없이 일이라면 모두 받았기에 바로 가능하다고 했다. 대표는 반신반의하는 표정으로 써보라고 했고, 며칠 뒤 나는 하나의 완성된 백서를 작성해서 보여주었다.

"와, 처음 쓴 거 맞아요? 잘 썼는데요?"

백서를 받아들 때만 해도 무표정하던 얼굴이 글을 읽어 내려가며 만족스러운 얼굴로 바뀌어 갔다. 그 대표는 만족하며 주변에 소문을 냈고 나는 그때부터 백서 쓰는 사람이 되었다.

처음 일을 시작할 때만 해도 내가 하는 일이 세상을 좋은 방향으로 바꾸는 옳은 일이라 믿었다. 당시 나는 블록체인에 관심이 있었는데 간단히 말하면 블록체인은 거래 기록 및 다양한 유형의 데이터를 중앙 서버 한곳에 저장하는 것이 아닌 블록체인 네트워크에 연결된 여러 컴퓨터에 저장 및 보관하는 기술로 보안성이 높고 위변조가 어렵다는 특징이 있다. 블록체인 기술의 이러한 특성 때문에 나는 중앙 집권화된 시스템의 제약을 극복하고 더 공정하고 투명한 사회를 실현할 수 있을 거라는 기대감을 품게 되었다.

당시만 해도 코인 시장에서 블록체인 기술의 세부 사항과 활용 방식을 설명할 수 있는 사람은 드물었고, 시장 자체도 블록체인에 대한 이해가 부족했다. 그런 상황에서 나는 내가 가지고 있었던 블록체인 기술에 대한 비전을 바탕으로, 의뢰 회사가 원하는 내용을 담아 백서를 작성했다. 이 회사의 기술이 세상에 좋은 방향으로 이바지하리라 믿어 의심치 않았던 것이다. 그래도 혹시 모르니, 읽는 사람들이 충분히 고민하고 현명한 투자를 하길 바라는 마음에 백서 마지막 한 페이지에는 면책조항도 썼다.

[이 백서에서 설명하는 마케팅과 비전은 실현되지 않을 수 있습니다.]

라는 면책조항이었다.

하지만 분명히 내가 써놓았던 면책조항은 의뢰 회사를 거쳐 백서가 시장에 풀리고 나면 흔적도 없이 사라져 있었다.

일을 시작할 때는 몰랐는데 나중에 알고 보니 한국의 가상자산 업계는 조금 극단적으로 말하자면 IT의 가면을 쓴 다단계였다. 근사해 보이는 말과 개념은 다 갖다 붙인 정체 모를 회사들이 일확천금을 미끼로 투자자를 유혹했다. 돈이 진리이며 도덕이며 유일한 가치인 그곳은 눈 뜬 채로 코 베이는 자본주의의 지옥 같은 곳이었다.

　그곳에서 나는 수백 명의 '대표'를 만났다. 정말 온갖 사람을 두루 접했다. 명함에 적힌 직함이 여럿이었고 말은 청산유수인 사람들이 대부분이었다. 세상을 발아래 둔 듯이 자신만만하다 못해 거만한 태도였다. 새로 등장한 업계라 조금은 낯선 경제경영 용어를 쏟아내며 말했는데 그 사이 빠지지 않고 붙는 단어가 '신사업' 그리고 '돈'이었다. 그럴싸한 겉치레 뒤로는 돈을 위해서라면 양심도 팔아치울 수 있는 사람들이 수두룩했다.

　아직 업계의 분위기에 물들지 않았던 나는 그런 사람들을 경멸했다. 하지만 뻔히 보이는 사기꾼과 불법적으로 엮이는 상황만 피하면 그 어떤 일보다 큰돈을 만질 수 있는 일이기도 했다. 백서를 하나 쓰면 1,000만 원에서 1,500만 원 정도의 돈이 들어왔다. 주변에서는 상상할 수 없는 단위의 큰돈이 매일같이 오갔고 누군가는 천국에, 또 누군가는 지옥에 갔다.

그러나 돈벌이의 즐거움을 알아갈수록 나는 점점 무감각해졌다.

어느 순간부터 나는 그토록 경멸하던 그들의 모습에 젖어들었다. 누가 시키지 않아도 자연스럽게 스스로를 포장하고 온갖 새로운 용어가 들어간 장황한 말을 술술 내뱉었다. 그걸 깨닫게 해 준 건 친구의 말 한마디였다.

"야, 너 좀 사기꾼 같아."

반은 장난인 친구의 말에 나는 두개골이 반으로 갈라지는 듯한 충격을 받았다. 그 친구가 어떤 점을 보고 그런 말을 하는지 나 자신만큼 잘 아는 사람은 없었다. 내가 업계에 처음 들어와 이런저런 사람들을 보고 느낀 혐오스러운 이질감이 친구의 말에 농축돼 있었다. 애써 외면하던 사실을 직시했다.

'아, 지금 내가 잘못된 일을 하고 있구나. 이 사람들을 위해 일하는 건 나도 똑같은 사기꾼이 되는 것과 마찬가지구나.'

그로부터 얼마 지나지 않아 수많은 사람의 돈을 갈취해 피해 금액이 1조 원이 넘는 폰지 사기 사건이 일어났다. 폰지 사기란 신규 투자자의 돈으로 기존 투자자에게 배당금을 주어 마치 실제로 투자 가치가 있는 듯 보이게 하는 전형적인 다단계형 사기다.

체포된 회사의 대표는 나와 직접 인연은 없지만 업계에서는 누구나 알만큼 잘 알려진 사람이었다. 그 사건은 내게 큰 깨달음을 주었다. 정말 다른 사람들에게 해를 끼치는 최악의 사기가 가까이 있는 곳에서 내가 일하고 있구나. 돈이고 뭐고 하루빨리 이 바닥을 벗어나야겠다는 생각 외엔 들지 않았다.

은퇴를 결심한 뒤 가장 먼저 한 일은 하고 있던 프로젝트를 중단하고 제작비를 환불해 주는 일이었다. 전에 썼던 백서들도 다시 조사해 조금 미심쩍다 싶은 코인들은 제작비를 환불해 주는 조건으로 내가 쓴 백서를 더 이상 사용하지 못하도록 처리했다. 그 덕에 통장 잔고는 확 줄었지만 마음만은 편해졌다.

고군분투하여 키운 광고회사를 접는다는 건 쉽지 않은 결정이었다. 하지만 만약 내가 돈에 대한 미련을 버리지 못하고 그 업계에 계속 있었다면 어떻게 됐을까? 잊을만하면 언론을 뜨겁게 달구는 코인 관련 이슈에 내가 연루되었을지도 모른다는 생각이 들어 아찔하다. 결과적으로는 내 인생에서 가장 잘한 선택이 아니었을까.

택배 일 초기 자금 마련하기, 커피 로스팅 아르바이트

택배를 시작하려 준비할 것들을 알아봤다. 생각보다 초기 자본이 꽤 드는 일이라는 사실을 이때 알게 되었다. 우선 운전면허와 화물운송종사 자격증이 필요했고, 물건을 실어 나를 수 있는 차가 필요했다. 운전면허는 있고, 화물운송종사 자격증은 필기시험만 치르면 딸 수 있어서 큰 걱정은 되지 않았다. 문제는 차였다.

택배 일을 할 만큼 큰 트럭은 새 차가 2,400만 원, 중고차의 시세도 최소가 800만 원이었다. 구입할 자금도 없었지만 있다 해도 새 차는 애초에 고려 대상조차 되지 못했다. 마침 코로나19 시국이라 택배 일을 하려는 사람이 많았고, 새 차 계약 뒤 기본 대기 기간만 최소 4개월이었기 때문이다.

최대한 빨리 일을 시작하려면 중고차를 사는 편이 여러모로 합리적이었다. 문제는 중고차를 살 수 있는 800만 원이 내게 없었다. 차를 사려면 당장 할 수 있는 일은 뭐라도 해야 했다. 그래서 매일 구인구직 사이트를 뒤지며 할 만한 아르바이트를 찾아보았다.

여기서부터 난관에 부딪혔다. 때는 코로나19가 정점을 찍은 2020년이었다. 멀쩡히 다니던 직장을 하루아침에 잃은 사람이 수없이 많았고 자영업자 사정도 다르지 않았다. 일자리를 잃은 사람들이 아르바이트 시장에 몰렸다. 주변 편의점이나 카페 아르바이트 같은 최저 시급 일자리조차 경쟁률이 10 대 1을 넘어가는 지경이었다.

게다가 1년 6개월 동안 집에 틀어박혀 있었던 나는 자신감도 많이 떨어져 사람을 직접 대면하는 서비스직 아르바이트는 상상도 할 수 없었다. 나이도 애매했다. 아르바이트 지원자 중에는 드문, 한창 직장에서 경력을 쌓고 있을 이십 대 후반의 '늙은' 청년이었다.

이제 막 스무 살이었다면 어리고 풋풋하다는 장점이나마 있겠지만 애매한 경력의 이십 대 후반은 아르바이트로 채용하기에 조금 부담스러운 나이였다.

고심 끝에 지원해 보자고 마음먹은 자리는 커피 로스팅 아르바이트였다. 역시나 최저 시급의 아르바이트였지만 무슨 대기업 정규직 채용도 아니면서 이력서와 자기소개서, 면접을 거쳐야 하는 자리였고, 자기소개서도 요구하는 양식에 맞춰 써야 했다. 아르바이트 하나 하자고 이렇게까지 해야 하나 의문이 들었지만 그렇다고 계속 손가락만 빨면서 집에 틀어박혀 있을 수는 없는 노릇이었다. 당장 택배 일을 준비하는 동안 먹고살기 위해서라도 돈벌이가 필요했다.

나는 절실함을 담아 자기소개서를 썼다. '1년 6개월을 쉬었다. 더 이상 집에 있을 수 없다. 나 좀 살려줘라' 하는 심정을 담았다. 월 100만 원도 안 되는 아르바이트 자리 하나 얻고자 쓰는 자기소개서가 1,000만 원짜리 코인백서를 쓰는 일보다 더 힘들었다. 한때 큰돈을 만져봤고 대표님 소리도 들어 봤지만 그런 것은 누구도 알아주지 않았다.

　아르바이트란 노동시장에서 가장 싼값에 쉽게 살 수 있는 인력이었고 그마저도 수요에 비해 공급이 과하게 많았다. 자기소개서를 길고 자세하게 적는 게 도움이 될지 독이 될지는 알 수 없었지만, 나는 이거라도 해 보자는 심정으로 정성을 담아 써냈다.

　이력서를 넣고 잊어버리고 있었는데 면접날은 생각보다 일찍 다가왔다. 집에서 가까운 곳이라 산책하는 기분으로 면접 장소까지 갔다. 면접관은 삼십 대 중후반의 친근한 형이었다. 그에게도 사업 경험이 있어 자기소개서에 쓴 내 사업 이야기에 대해 이것저것 물어보았다. 동네 친구와 수다 떨듯이 이야기를 나누다 보니 시간이 훅 갔다.

　"면접 보러 오시는 분이 스무 분 정도 있어요."

　면접이 끝날 무렵 이 말을 들었을 땐 헛웃음이 나왔다. 내가 첫 면접자였다 해도 나머지 면접자가 19명인 셈이다. 고작 한 명 뽑는 자리에 20명의 지원자라니. 한 명을 제외한 나머지는 헛걸음 아닌가. 면접까지 보러 올 정도면 나머지 19명도 일할 의지가 있다는 뜻일 텐데 교통비도 주지 않고 간만 보다니, 이게 무슨 악취미인가 싶었다.

　아쉽지만 '오늘은 그냥 수다나 떨다 집에 가자'라고 생각하기로 했다. 어차피 집도 가깝고 공들여 쓴 자기소개서는 다른 아르바이트 지원할 때 활용하면 되니 내겐 아쉬움이 없었다. 최선을 다해 절실함을 어필하기는 했지만 면접이 끝난 뒤에는 아무런 기대 없이 곧바로 집에 돌아갔다.

이틀 뒤였나, 전화 한 통을 받았다.

"최종 합격이에요. 언제부터 출근 가능하세요?"

전화기에서 흘러나오는 말을 듣는데, 믿기지 않았다.

"제가 된 건가요?"

두어 번 되묻고 그렇다는 대답을 듣고 나서야 실감이 났다. 가장 절실해서 합격한 건가? 왜인지는 알 수 없었지만 20명 중에서 뽑힌 만큼 더 열심히 해야겠다는 생각이 들었다.

누군가는 고작 아르바이트라 할 수 있겠지만 내겐 1년 반이 넘는 공백기를 깨 준 소중한 기회였다.

맡은 일은 스페셜티 원두 로스팅이었다. 열두 가지가 넘는 원두를 매뉴얼에 맞게 정확한 용량으로 배합하고 일정한 시간 동안 볶는 일이었다. 정해진 행위를 반복하는 단순 작업이었지만 매번 정성이 필요했다. 원두는 까다롭고 연약해서 조금만 습하거나 건조해도, 온도 차이가 있어도 쉽게 변질되었다. 마치 사람의 마음 같았다. 한 번 돌이킬 수 없는 상처를 받으면 본래의 향과 맛을 잃고 변해버린다는 점에서 그랬다.

1년 반의 칩거 생활 전, 나는 밝고 자신감이 넘치는 사람이었다. 타고 나길 사람을 좋아하고 인연을 소중히 여기는 사람이었다. 하지만 신뢰하던 사람에게 배신을 당해 돈도 사업도 다 잃은 뒤 나는 경계심 가득한 냉소적인 사람이 되었다. 변해버린 내 마음이 나도 낯설어 자꾸만 숨고 싶었다.

"이건 못 쓰겠네. 다시 만들어 봐요."

잠깐 방심하는 사이에 불 조절을 잘못해 처음 원두를 태웠다. 매니저는 원두를 모두 버리게 했다. 아까웠지만 시키는 대로 했다. 매캐하고 짙은 향을 뿜으며 쓰레기통으로 굴러 들어가는 원두를 막상 보니 아깝기보다는 후련했다.

내 마음 한구석에서 시뻘겋게 타오르다 마침내 재만 남은 분노와 슬픔이 사라지는 기분이었다.

오래된 원두는 방향제로라도 쓸 수 있다. 하지만 지나치게 태운 원두는 활용할 방법이 없다. 살다 보면 원두를 태울 때가 있다. 그럴 때는 아깝다고 붙잡고 있기보다는 한시라도 빨리 버리고 새 원두를 다시 로스팅하는 게 유일한 해결책이다. 그 당시의 내 마음도 그랬다.

로스팅 아르바이트는 내 마음을 새로 만드는 준비 단계였다. 테헤란로에서 양복 입은 돈 귀신 수백 명과 부딪히며 오염된 노동에 대한 감각이 이십 대 초반의 한참 어린 아르바이트 선배님들과 함께하는 단순노동으로 기초부터 다시 만들어졌다. 서로 속고 속이다 못해 바늘구멍으로 블랙홀을 팔아먹던 그 세계에서는 결코 느낄 수 없던, 내 몸을 움직여 노동의 대가를 받는 담백한 기쁨이 내게는 무척 달콤했다.

사람들과 건전한 관계를 쌓아나가는 것도 큰 도움이 됐다. 같이 일하던 매니저와는 친한 형 동생 사이가 되어 지금도 연락을 이어가고 있다. 부지런히 하루하루를 채워나가는 이십 대 초반 동료들의 성실한 모습이 내게는 건강한 자극이었다.

"희우는 일을 항상 찾아서 하네. 정말 부지런해."

"희우가 있으면 주변이 저절로 깨끗해져서 좋아."

칩거 생활 동안 스스로 '강박'이라 여겼던 주변을 청소하고 정리하는 습관이 여기서는 모든 사람에게 칭찬과 사랑을 받는 계기가 되었다. 월급은 적었지만 좋은 사람들이 있어 사소한 일로도 웃는 시간이 많아졌다. 그렇게 나는 조금이지만 사람 좋아하고 활발하던 예전 모습을 되찾았다.

3개월 동안 아르바이트를 했지만 트럭 살 돈을 다 모으지는 못했다. 근무 시간이 하루 4시간이다 보니 월급이 턱없이 적었다. 최소한의 생활비 외에 한 푼도 쓰지 않아도 월 55만 원 정도의 월급으로는 돈을 거의 모을 수 없었다. 아르바이트를 하면 할수록 택배 일을 빨리 해야겠다는 갈증이 더욱 강해졌다.

결국 나는 월급의 한계를 인정하고 아르바이트를 그만두었다. 그리고 내가 죽어도 하고 싶지 않았던 일을 하기로 했다. 아르바이트 전 칩거 생활 중의 나였다면 자존심 때문에 목에 칼이 들어와도 하지 않았을 단 한 가지 일이었다.

인생 처음이자 마지막
어머니 찬스

"돈 좀 빌려주세요."

어색하게 생전 처음 해 보는 말을 꺼냈을 때 어머니는 조금 놀란 듯한 얼굴이었다.

"무슨 일 있니?"

걱정스러운 물음에 택배 일을 할 거고 차 살 돈 800만 원이 필요하다고 말했다. 빚 때문은 아니라는 점에 안심하는 것 같았지만 '택배'라는 단어에 사색이 되셨다.

"안 돼. 돈은 빌려줄 수 있지만 택배는 안 돼."

"짧은 시간 안에 많은 돈을 벌 수 있는 일이에요."

"힘든 일이니까 돈을 많이 주지. 어쨌든 안 돼. 몸 상해."

생각지도 못했던 강경한 반대에 나는 조금 당황하고 말았다. 하지만 어머니한테 돈을 빌리는 게 지금 내가 돈을 구할 수 있는 유일한 방법이었다. 1년 반의 칩거 생활, 메마른 통장 잔고, 3개월 아르바이트 경력으로는 제1금융권 대출은커녕 통장 하나 만드는 일도 어려웠다.

"저 새로 시작하고 싶어요. 사업을 하든 뭘 하든 다시 시작하려면 돈이 필요해요. 그리고 지금 상황에서 제가 합법적으로 가장 빨리 돈을 벌 방법은 택배 일밖에 없어요. 계속 방에 틀어박혀 지낼 수는 없잖아요."

어머니는 한참 말없이 나를 보다가 한마디 하셨다.

"내가 널 그런 일이나 시키려고 이렇게 힘들게 키운 줄 알아?"

그 말에는 많은 의미가 함축되어 있었다. 택배를 비하하고 싶은 의도는 아니었겠지만 어머니 심정도 이해는 갔다. 돌이켜보면 나는 언제나 어머니의 기대와는 전혀 다른 길을 고집스레 선택했다.

어머니는 남다른 교육열로 자식에 대한 사랑을 표현하

는 분이었다. 과거 아버지의 투자 실패로 넉넉하지 못한 형편이었지만 강남에서 학창 시절을 보내게 된 이유도 거기 있었다. 할 수 있는 모든 것을 자식들에게 해 주고자 했다. 다만 어머니의 기대보다 내 고집이 더 강했다.

어린 시절, 어머니는 내게 기대가 컸다. 특히 학교 성적에 대한 기대가 커서 만점, 1등이 아니면 내심 실망하는 기색을 보이셨다. 어머니 기대와는 달리 나는 학교 공부에는 별다른 흥미를 느끼지 못했다. 공부는 못했지만 운동신경이 좋고 또래보다 발육이 좋은 편이라 사방팔방 뛰어다니며 에너지를 분출했다.

내가 공부 쪽으로 소질이 없다는 사실을 알게 된 후 어머니는 나에게 운동을 시켰다. 태권도와 합기도 같은 종목부터 시작해 야구, 골프, 킥복싱까지 배우지 않은 운동이 없었다. 하지만 그 수많은 투자는 나를 더욱 운동신경 좋은 말썽쟁이 소년으로 만들었을 뿐, 체육 꿈나무로 자라나게 하진 못했다.

나는 어떤 운동이든 빨리 배우고 잘하는 편이었지만 그 무엇에도 내 미래로 삼을 만큼 재미를 붙이지는 못했다. 어린 시절에 한 종목을 고르고 시작해 평생을 바치는 스포츠인들이 대단하다 느끼지만 여전히 이해하기는 힘들다. 아주 어릴 때 시작해야 전문가가 될 수 있는 분야가 운동인데, 그렇게 일찍 평생 몰두할 업을 결정하다니 내게는 있을 수 없는 일이었다.

자라나는 내내 어머니의 기대와 다른 길을 가던 나는 고등학교 때는 헤르만 헤세를 시작으로 고전 문학에 빠져 공부는 뒤로하고 소설책만 잔뜩 읽었다. 졸업할 무렵엔 대학 진학을 하지 않겠다고 선언했다. 그러다 어느 순간 집구석에 틀어박혔다가 갑자기 택배 일을 하겠다고 나섰으니 어머니로서는 당황스러웠을 테다.

'택배'를 진지한 직업으로 선택하고 해 보겠다는 선언은 아르바이트로 택배 상하차나 주유소 일을 하겠다는 말과는 엄연히 다른 의미였고 어머니도 그 점을 아셨다.

하지만 나는 이번에도 포기할 생각이 없었다.

"택배도 사람이 하는 일이에요. 요즘 사람들 택배 없이 하루라도 살 수 있어요? 어떻게 생각하면 사람들에게 가장 도움이 되는 일이에요. 정말 절실하게 새로 시작하고 싶어요. 내 힘으로 1억 벌고 나서 다시 시작할 거예요."

어머니는 아무 말도 하지 않았다.

"제가 잃었던 돈 8,000만 원, 누구는 적다고도 할 수 있는 돈이죠. 요즘 서울에선 반지하 방 전셋값도 안 되는 돈이에요. 물론 제가 그 돈 때문에 그동안 집에 있었던 건 아니에요. 기회비용이 더 컸고, 나 자신이 너무 많이 소모됐고, 사람에 대한 배신감이 더 견디기 힘들었던 것 같아요. 그렇지만 결국 그 돈 8,000만 원이 원인인 건 사실이잖아요. 다시 벌어 보고 싶어요. 사업 같이하던 사람들이, 어쩌면 내 친구들이 가장 밑바닥으로 보는 그 자리에서 내 힘으로 땀 흘려 벌어 볼 거예요. 도와주지 못하시면 다시 아르바이트를 구할게요. 얘기 들어 주셔서 고마워요."

그날이 가기 전에 어머니는 1,000만 원을 입금해 주시겠다고 말씀하셨다. 통장에 조용히 찍힌 그 액수를 보고 나는 조금 먹먹해졌다. '3개월 안에 갚아 드리자' 결심하고 본격적으로 트럭 매물을 찾기 시작했다.

새 차 같은 중고차를 사고 싶다면 도둑놈 심보라고?

나의 차 흰둥이는 중고차 매매 애플리케이션에 올라와 있는 유일한 택배차였다. 택배 일을 하려면 화물차 중 지붕이 있고 수납 공간이 많은 하이탑차가 필요한데 중고 매물이 정말 귀했다. 중고차 매매 플랫폼을 뒤지다 내가 원하는 조건의 새하얀 화물차 한 대가 매물로 올라와 있는 걸 봤다. 반가운 마음은 말로 표현할 수 없었다.

택배차로 가장 인기 있는 모델은 현대 포터2, 기아 봉고3였다. 두 트럭은 모르는 사람이 보면 "똑같은 차 아냐?" 할 정도로 비슷해 보이지만 각각 장단점이 다르다.

포터2는 부드러운 주행과 승차감을 바라는 사람들이 선택하고, 봉고3는 무거운 짐을 잘 실을 수 있는 튼튼한 차를 원하는 사람들이 선택하는 것 같았다. 나는 생수 배달로 일을 시작했기에 봉고3을 선택했다. 스펙은 이랬다.

봉고3 익스(하이)내장탑

1톤 킹캡 CRDI

초장축

2498cc, 133마력

2014년 5월식, 주행거리 19만 킬로미터

디젤, 자동 변속기

무사고차

　가장 먼저 확인한 부분은 기어가 자동 변속기인지 수동 변속기인지였다. 나는 2종 보통 면허를 소유해 수동 변속 차량을 몰 수 없고, 1종 면허가 있어도 운전의 편의성 때문에 요즘에는 수동을 끄는 사람이 거의 없다. 차량 가격 차이가 100만 원 이상 나도 그렇다.

　"뭐, 2종 보통? 남자가?"

　요즘엔 어떨지 모르지만 내가 면허를 따던 스무 살 무

렵만 하더라도 실제 쓰임새와 관계없이 남자는 무조건 1종을 따야 한다고 생각하는 친구들이 꽤 있었다. 2종 보통 면허라고 하면 놀리는 친구가 아직도 있다. 시대가 어느 시댄데 이런 놀림이라니.

2종 보통 면허를 가진 사람들이여, 당당해지자! 우리는 트럭도 끌 수 있다.

큰 차를 몰려면 무조건 1종 면허가 있어야 한다고 생각하는 사람이 있는데 그렇지 않다. 어지간히 큰 차도 2종 면허로 다 끌 수 있다. 나는 면허를 딸 때도 그 점을 알았기에 굳이 1종을 따지 않았다.

다행히 흰둥이는 자동 변속기를 가진 차라 나는 안도의 한숨을 쉬었다. 하지만 다른 조건은 썩 좋은 차가 아니었다. 2014년도에 생산되어 주행한 거리가 곧 20만 킬로미터가 되어가는 오래된 차였다. 주행거리 20만 킬로미터는 우리나라 중고차 시장에서 거래 마지노선으로 여긴다. 20만 킬로미터 이상 주행한 차라면 엔진오일과 미션오일 누유가 생긴다든지, DPF(디젤 미립자 필터)나 인젝터(연료 분사 노즐) 성능이 크게 저하된다든지, 하체 부품 쪽에서 소리가 난다든지, 아니면 실내 사용감이 많아서 대대적 복원이 필요하든지 등 어딘가 문제가 있는 경우가 많다는 인식이다.

연식만 따져도 2014년형이면 오래된 차였다. 우리나라 대표 수출산업 중 하나인 자동차 산업엔 최고의 연구진이 투입된다. 새로운 모델은 기존 문제를 개선하고 출시하니 나는 주행거리보다 연식을 중요하게 생각한다. 그런 나에게 2014년도 봉고3는 모험이었다.

만약 2018년도 이후에 출시되고 주행거리가 30만 킬로미터인 차가 있었다면 그 차를 선택했을 것이다. 연식이 짧은데 주행거리가 길다면 고속주행이 잦을 확률이 높고 이는 엔진 쪽 상태가 비교적 좋다는 뜻일 수 있다. 단, 주행거리가 길면 되팔 때 힘들다. 아무튼 흰둥이는 주행거리도 길고 연식도 오래된 악조건을 가진 차였다.

구매를 결정하기 전에 딜러의 판매 이력과 차의 성능 점검표, 보험 이력을 최대한 꼼꼼히 확인했다. 딜러가 전손 차량(수리비가 차량 가치보다 더 많이 나온 사고 차량)이나 침수 차량을 판 이력이 있는지를 보았다. 이 경우 양심적이지 않을 확률이 높았다.

또한 어딘지 직접 거론하지는 않겠지만 소문이 너무

안 좋은 수도권과 경기도 몇몇 지역 딜러도 피했다. 주변에서 중고차 사기를 당한 이야기를 들어 보면 자주 등장하는 지역이 있었다. 나는 그 딜러들을 이길만한 에너지가 없었기에 그쪽은 아예 쳐다보지도 않았다.

그리고 1인 소유 차량(신차 구매부터 중고로 판매할 때까지 한 명이 소유하고 운행한 차량)이 아니어도 소유자 변경 횟수가 너무 많지는 않았는지 확인했다. 주인이 많이 바뀐 차는 겉은 멀쩡해 보여도 무언가 만성적인 문제를 가진 차일 수도 있기 때문이다. 보험 이력 상에 주요 골격이나 프레임을 교환한 사고 이력이 있는지, 보험 미가입 기간이 얼마나 긴지(보험에 가입되지 않을 경우 수리를 했어도 보험 이력에 기록이 남지 않는다)도 확인했다.

만약 사고가 있었던 차라면 사고와 매물이 나온 시점이 너무 짧진 않은지도 확인해야 했다. 그렇다면 그 사고로 인해 무언가 문제가 생겼을 가능성이 높다. 다행히 흰둥이는 항상 보험도 가입되어 있었고 무사고 차량이었다.

딜러와 서류에 문제가 없다는 사실을 확인한 다음에는 직접 차에 문제가 있는지 확인했다.

가장 먼저 확인한 부분은 자동차의 심장인 엔진 상태였다. 시동을 걸고 떨림이 심하지는 않은지 살폈다. 5분 이상 예열한 뒤 시동을 끄고 엔진오일 뚜껑을 열어 연기가 나는지도 확인했다. 연기가 나오지 않거나 나오더라도 흰 연기가 아주 적은 양 나오면 합격이다. 푸른 연기가 나거나 오일이 많이 튀면 엔진 상태에 문제가 있다는 뜻이기에 뒤도 안 돌아보고 다른 차를 골라야 한다. 그리고 안전벨트를 끝까지 뽑아 보았다. 안전벨트 끝부분 색이 다르면 침수차일 가능성이 높았다.

아직 마지막 관문이 남아 있었다. 아무리 성실하고 양심적인 딜러라도 자신이 다루는 모든 차의 소모품 등에 무슨 문제가 있는지 하나하나 다 알 수는 없었기 때문이다. 그래서 나는 딜러가 아는 카센터 말고 제조사 정식 서비스 센터에 같이 갈 수 있는지 물어보았다.

딜러와 알고 지내던 카센터의 경우 문제가 있는데도 은근슬쩍 넘어갈 수 있기 때문이다. 다행히 선뜻 허락해 주었다. 검사 결과 미션오일, 서스펜션 부품, 연료 필터, 예열 플러그, 엔진·미션오일 팬, 배터리, 타이밍 벨트, 겉벨트 세트, 워터 펌프, 냉각수 등이 모두 정상이었다.

솔직히 말하자면 나는 새 차 같은 중고차를 사겠다는 도둑놈 심보가 어느 정도 있었는지도 모르겠다. 가격이 싸면 싼 만큼 문제가 있는 게 당연했고, 오히려 완벽하게 수리해 값을 올린 중고차보다 어느 정도 문제가 있지만 가격이 싼 매물이 더 잘 팔리는 게 시장 추세이기도 했다.

나도 어느 정도 문제는 안고 갈 생각을 했지만 최대한 자잘한 추가 비용이 안 들기를 바랐다. 그 당시 내게는 자동차 부품 하나 가는 것도 아주 큰돈이었기 때문이다. 하지만 나의 바람과는 달리 고칠 것들은 역시나 있었다.

판매 플랫폼에서는 타이어를 새것이라 했는데 실제로 보니 마모가 심한 상태였다. 브레이크 패드와 라이닝을 교체하고 브레이크오일과 엔진오일도 교환했다. 또 자잘하게는 적재함 보조 발판이 부식되어 용접했고, 블랙박스가 실내에서 작동되지 않고 SD카드도 없었다. 후방 카메라도 뿌옇게 보여 밤에 운전할 때 위험할 것 같았다.

차량 구입비 외에도 교환하고 고치고 설치하는 추가 비용까지 총 1,063만 원을 들여 온전한 택배차를 소유했다. 고생 끝에 생긴 '내 차'라는 애착감이 생겨 '흰둥이'라는 이름도 붙였다.

마이너스 60만 원, 생수 배달 첫날 수입

택배를 본격적으로 시작하기 전 생수 배달 일을 먼저 경험했다. 택배는 빈자리 구하기가 쉽지 않기도 했고 인터넷에 퍼져 있는 생수 배달 소개 글을 읽으니 택배보다 더 좋아 보였다. 그때 조사한 바로는 생수 배달은 한 건마다 900원, 택배는 평균 750원을 받았다. 무엇보다 분실이나 파손 같은 사고가 일어났을 때 위험부담이 적었다.

택배는 물건을 분실하면 배상해야 하는 액수가 천차만별이다. 요즘에는 고가의 제품도 택배로 받는 일이 비일비재하니 손바닥만 한 상자 안에 금반지가 들어 있을 수도 있고, 수백만 원대의 명품이 있을 수도 있다. 잘못 걸렸다간 일은 일대로 하고 수개월 치의 수입을 날릴 수도 있다. 그에 비해 생수는 비싸 봤자 한계가 있다. 일반 택배처럼 소장에게 집배점 수수료를 지급할 필요도 없었다.

여러 가지를 고려해 봤을 때 생수 배달 일이 택배보다 더 합리적이라는 판단을 했다. 무게가 문제이긴 했지만 택배도 물건에 따라 생수보다 무거운 상자도 있을 테고 아직 젊으니 그쯤은 괜찮지 않을까 하는 패기도 있었다.

첫날, 새벽같이 출근했는데 칠십 대 어르신이 나와 계셨다. 나는 첫날이라 그렇다 치고 경력자도 저렇게 일찍 출근해야 하는 일인가?

느낌이 싸해서 왜 일찍 나오셨냐고 여쭤 보았다.

"오늘 손주 돌잔치라 300개 후딱 마치고 가려고."
시원시원한 대답이 일을 처음 시작하는 입장에선 참 반가웠다. 일을 하고도 돌잔치에 갈만한 힘과 시간이 남는다니, 누구라도 혹할 만한 이야기였다. '칠십 대 어르신도 하는데 나라고 못 하겠어? 열심히 해 봐야겠다'라며 조용히 의지를 다지고 일을 시작했다. 하지만 상차부터 만만치 않았다.

상차란 배달할 물건을 차에 싣는 과정인데 물이 무겁다 보니 200개를 싣는 데 2시간이 넘게 걸렸다. 생수를 차 안에 넣을 때는 지게차로 하고 차곡차곡 정리하는 작업은 사람이 직접 했다. 첫날이라 지게차로 생수를 넣는 것까지는 같이 일하는 분들이 해 줬는데도 워낙 무거운 물품이라 쌓는 것만으로도 진이 빠졌다. 그렇게 2시간 반의 중노동 끝에 드디어 본격적인 배달을 시작했다.

막상 배달을 해 보니 생각했던 것보다 훨씬 힘들었다. 익숙하지도 않은 높은 화물차에 생수를 다량 적재하니 차가 무거워 생각처럼 움직이지 않았다. 넓은 도로에서도 긴장이 되는데, 배달할 곳은 좁은 골목 구석에 위치한 경우가 많았다. 시장 같은 곳은 화물칸의 지붕 높이보다 가게 천막이 낮아 조심히 운전해야 했다. 한 번은 천막을 건드려 심장이 덜컥 내려앉았다.

생수가 무거운 거야 당연하고, 힘들 거라고 예상은 했었지만 이건 힘듦을 훌쩍 넘어 고통스러운 수준이었다.

엘리베이터가 있는 아파트는 카트에 생수를 싣고 옮길 수 있어 그나마 나았다. 생수를 들고 계단을 올라야 하는 다세대주택은 그야말로 고역이었다. 무거워서도 괴롭지만 윗부분의 비닐 끈을 잡고 옮기다 보니 손바닥이 화상을 입은 것처럼 아팠다. 안타깝게도 엘리베이터가 있는 배달지보다 없는 곳이 훨씬 많아 100개도 하기 전에 손바닥은 다 부르트고 온몸의 근육이 쑤시듯 아팠다.

계단으로 오르내리는 집에 살면서 생수를 배달시키는 이유를 한번 생각해 보았다. 금액 차이가 크지는 않지만 정수기 렌탈 요금이 생수 배달보다는 비싸니 그 금액을 절약하고 싶어서일 수도 있고, 정수기의 청결을 관리할 시간 여유가 없어서일 수도 있다. 차가 없으면 장 볼 때 무거운 생수를 묶음으로 사서 집까지 가지고 오기 힘드니 돈을 조금 더 내더라도 배달을 시켜 먹을 수도 있다.

학교나 직장 근처에서 월세살이를 하고 있는 내 친구들이 그랬고 경제적으로 힘들었던 시절의 우리 집도 그랬다. 그렇게 멀리 갈 것도 없이, 부모님 집에 돌아오기 전 자취하던 시절의 나 역시 마찬가지였다. 힘들게 무거운 생수를 이고 지고 걸어 오지 않아도 마법처럼 현관문 앞에 도착해 있는 맑은 물이 얼마나 반갑고 편했던가.

'어떻게 첫날부터 이런 구역을 초보한테 맡기는 거지?'

처음에는 원망 섞인 생각도 했다. 하지만 배달을 하며 엘리베이터 없는 집이 대부분이라는 사실을 깨닫고, 그 이유를 떠올리고는 체념 반 긍정 반 생각을 바꾸었다.

'나는 사람이 살아가는 데 가장 중요한 물을 배달하는 사람이다.'

물론 이런 생각을 해도 찢어질 듯한 근육 통증이 사라지거나 곧 터질 것처럼 새빨갛게 부어오른 손바닥이 도로 하얘지는 건 아니었다. 150개쯤 배달하고 나니 눈앞이 흐려졌고, 200개쯤 배달했을 땐 너무 지친 나머지 말도 안 되는 사고를 치고 말았다. 후진하다가 뒤차의 전조등을 깨부순 것이다.

곧 쓰러질 듯 피곤한 상태에 화물차 운전이 익숙하지 않다 보니 P(주차)에 놓인 기어를 D(전진)가 아닌 R(후진)로 두고 가속페달을 밟았다. 귀를 찢을 듯한 깨지는 소리와 함께 차가 흔들렸다. 뒤차의 전조등이 터졌고 내 심장도 터졌다. 놀라서가 아니라 좌절감 때문이었다. 상황 파악 전이었지만 한 가지는 분명했다.

'망했다.'

일단 차에서 나가 손전등을 켜고 충돌한 차를 꼼꼼히 살폈다. 겉보기에 이상이 없어 보였지만 분명히 무언가 터지는 소리를 들었기 때문에 불안함을 지울 수가 없었다. 조마조마한 마음으로 주차된 차에 남아 있는 번호로 전화를 걸어 상황을 알린 뒤 다음 배달지로 향했다.

무언가 한 번 꼬이기 시작하면 계속 꼬이는 법. 배달을 하고 돌아오니 주차 위반 딱지가 붙어 있었다. 충돌 사고에 이어 주차 위반이라니! 눈앞이 캄캄했다. 기다렸다는 듯이 사고 차 주인에게서 전화가 왔다.

"전조등 안쪽이 다 깨졌더라고요. 지금 견적을 받아 봤는데 78만 원 정도 나오네요."

보험으로 처리했다가는 할증이 더 붙을 테니 사비로 처리해야 할 상황이었다. 수리비를 들은 나는 그대로 주저앉았다. 일을 시작한 첫날, 20만 원 조금 넘는 수입을 벌었다. 지출은 수리비로 78만 원에 주차위반 과태료까지 합치면 80만 원이 훌쩍 넘을 터였다.

온몸이 너덜너덜해질 정도로 고된 노동의 결과는 마이너스 60만 원이었다.

'더 하다가는 정말 무슨 일이 벌어질지 몰라.'

연달아 나쁜 일이 벌어지니 겁이 더럭 났다. 남은 수량은 50개 남짓. 마저 일을 끝내기에는 멘탈과 몸이 성하지 않았다. 남은 생수는 차에 싣고 있다가 다음 날 센터에 보고하기로 하고 그대로 차를 돌려 집으로 돌아갔다.

다행히 과태료는 카텍스 사이트의 '이의제기'란에 눈물겨운 호소를 한 끝에 면제받았다. 내가 올렸던 글은 이랬다.

안녕하세요.

저는 생계형 생수 배달 기사입니다.

그날은 제가 처음 화물자동차로 일을 한 날이었습니다. ○○ 동은 도로가 복잡하고 골목길이 많아 주차할 곳이 마땅치 않은데, 첫날이다 보니 모든 게 낯설어 주차할 곳을 계속 찾아 이리저리 돌아다니며 많이 헤맸습니다.

제가 불법주차를 했던 곳은 제 판단에 교통이 혼잡하지 않다 보니 다른 차량에게 피해를 줄 것 같지 않았습니다. 화물차를 운전한 첫날인 탓에 아랫부분이 눈에 잘 들어오지 않아 황색 점선으로 된 주차금지 구간인지도 인지하지 못했습니다.

그리고 이전 배달지 주차장에서 뒤차를 박는 사고까지 내 정신이 없었으나 생수를 애타게 기다리는 분들에게 배달은 계속해 드려야 했습니다. 생수는 무겁고 전화는 계속 오는 상황이었습니다. 그런 와중에 다음 배달 주소지를 찾는 데 오래 걸려 불법 주정차 시간이 길어졌던 것 같습니다. 죄송합니다. 여러 가지로 정신이 없다 보니 부주의했습니다.

과태료 면제가 가능한지 모르겠으나 사정을 이야기하고자 의견을 제출합니다.

'모든 건 사람이 하는 일'이라는 생각에 실낱같은 희망을 가지고 이의제기란에 글을 썼는데 실제로 과태료가 면제되어 놀랐다. 세상이 아직까지 그렇게 삭막하지는 않구나 싶었다. 담당자가 누군지는 모르겠지만 기회가 된다면 꼭 감사 인사를 전하고 싶다.

"제 자리 어디 없나요?"
택배 기사 꽁무니 졸졸졸

생수 배달 첫날부터 마이너스 60만 원을 기록하자 영 일할 맛이 나지 않았다. 그렇지 않아도 생수가 무거워 몸이 힘든데, 아무리 힘들게 일해도 첫날의 손해를 메꿀 뿐이라는 생각 때문이었다.

손해를 메꾸고 돈을 벌게 된 넷째 날이 와도 일할 맛은 영 나지 않았다. 온몸의 마디마디에서 뚝뚝 꺾이는 소리가 나고 손바닥 피부는 다 벗겨지고 팔이 뽑힐 것처럼 아팠다. 미래의 건강을 팔아 돈을 버는 일이 아닌가 하는 생각에 눈앞이 아찔했다. 하긴 벌이가 좋고 쉬운 일이라면 하겠다는 사람이 널려 있을 테다.

'원래 하려 했던 일반 택배까지 경험해 보자. 택배를 해 보고도 도저히 못 하겠으면 그때 그만두자.'

그렇게 결심하고는 이전보다 조금 여유롭게 일하기로 했다. 평소에는 적재함에 생수를 3층으로 실었다. 하루 230팩을 배달하면 20만 원인데 3층을 채워야 240팩으로 목표 수익 이상 벌어갈 수 있었기 때문이다.

물론 내가 20만 원을 벌고 싶다고 매일 벌어 갈 수 있는 것은 아니다. 그날 할당받은 배달 물량이 많아야 가능했다. 물량이 적은데 더 벌고 싶으면 다른 기사들과 협의 후 센터 직원을 통해 조율할 수 있었다. 반대로 물량을 적게 받고 싶으면 센터 직원에게 미리 이야기해 두면 되었다. 생수 센터에는 언제나 고정 구역이 없는 예비 기사들이 있었고, 물량을 더 받고 싶어 하는 기사도 있었다.

생수 일을 시작할 때 취업 알선 업체에 돈을 지불하고 들어온 사람들이 많았다. 거기에다 택배차 구입 등의 초기 자본이 들어가니 그 비용을 빨리 차감하기 위해 하나라도 더 배달하려는 사람이 많았고, 나도 그중 하나였다.

하지만 일반 택배로 이직을 마음먹고는 몸에 무리가 가지 않는 선에서 물량을 받았다. 대신 배달하러 돌아다니면서 택배 조끼를 입은 택배 기사만 보면 다가가 말을 걸었다.

"저기, 혹시 기사 자리 나는 곳 없나요?"

대인기피증과 우울증에 시달리던 칩거 시절의 나였다면 목에 칼이 들어와도 하지 않았을 일이다. 하지만 지금 나에게 낯을 가리거나 창피해할 여유 따위는 없었다. 상대가 나를 이상하게 쳐다봐도 불쌍하게 여겨도 어떻게든 이직만 할 수 있다면 아무 상관 없었다.

다행히 택배 기사님들은 기본이 삼십 대 이상이고, 사오십 대가 평균일 정도로 나이대가 있으셔서 그런지 얼굴에 철판 깔고 다가오는 이십 대 생수 기사를 신기해할망정 밀어내지는 않으셨다.

그렇지만 어디에나 성질이 급한 사람, 유독 힘든 하루를 보내 화가 가득한 사람도 있는 법이다. 대놓고 무시하거나 경계심을 보이는 분도 물론 있었다. 그럴 땐 굴욕감을 상기하기보다는 서둘러 다음 배달을 이어 나갔다.

이직하겠다 마음먹고 일주일 동안 총 열네 명의

택배 기사에게 자리를 물어보았다.

그리고 마침내 기회를 잡을 수 있었다.

"아, 마침 우리 터미널에 그만둔다는 친구가 하나 있어요. 구인공고 내 볼까 하던 차에 잘됐네요. 일주일 뒤에 바로 일 시작할 수 있어요?"

벚꽃이 만개한 4월의 어느 환한 낮, 담배 한 대 피우며 느긋하게 꽃구경을 하시던 한 기사님의 말에 나는 감동의 눈물을 흘렸다. 게다가 그 터미널은 우리 집에서 차로 3분 거리였다. '벚꽃엔딩'보다 백만 배는 더 달콤하고 로맨틱한 '생수엔딩'이었다.

조금 어려운 구역이긴 하지만 힘든 생수 배달도 해 봤으니 문제없을 거라고 덧붙이는 기사님 이야기에 남은 생수들이 공기처럼 가볍게 느껴졌다. 같이 꽃구경할 상상 속의 여자 친구보다 삼십 대 택배 기사님의 얼굴이 훨씬 예뻐 보였다. 정말이지 아름다운 봄날이 아닐 수 없었다.

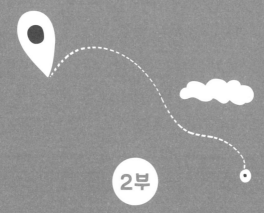

2부
택배 기사로 첫발을 내딛고

인수인계 첫날,
발걸음이 가벼웠던 이유

생수 배달이든 일반 택배든 택배 일에서 '일자리'는 '구역'을 뜻한다. 한 집배점(집배는 모을 집集, 나눌 배配, 즉 집배점은 집화와 배송을 처리하는 지점을 뜻한다)이 큰 단위의 지역을 담당하고 그 지역을 케이크처럼 나누어 소속 택배 기사들이 한 조각씩 담당 구역을 분배받는 식이다. 집배점이 담당하는 구역의 범위나 기사의 수는 집배점마다 다른데 내가 일하게 된 집배점은 두 개의 동을 일곱 명의 택배 기사가 나누어 맡았다.

택배 기사는 본인이 담당한 구역의 모든 배달을 책임

지며, 일을 그만둘 때는 후임자를 미리 구해야 한다. 그렇지 않으면 사람을 구할 때까지 해당 구역에 사는 사람들은 택배를 받지 못하기 때문이다. 택배 기사들이 파업을 할 때 어떤 지역은 배달이 되고 어떤 지역은 안 되는 이유도 같다. 한 집배점 지역 안에서도 구역마다 담당 택배 기사의 파업 동참 여부에 따라 어떤 집은 배달이 되고 다른 집은 배달이 안 되는 상황도 벌어진다.

택배 기사는 개인 소유의 화물차로 그 구역에서 본인이 배달한 수량만큼 벌어가는 개인사업자다. 보험 설계사, 학습지 교사, 퀵서비스 배달원과 비슷하다.

택배 기사는 집배점에 소속되어 소장에게 수수료를 떼어 주고 월급 형태로 돈을 받지만 각자 개인사업자로 등록을 하고 세금 처리를 하는 특수고용직이다.

인수인계 첫날, 아침 7시에 출근했다. 택배 기사들이 까대기라고 말하는 분류 작업과 상차를 끝낸 후 전임자의 화물차에 동승해 담당 구역과 주의사항을 안내받았다.

"이 자리 사람 구하는 데 다섯 달이나 걸렸어요."

일자리를 소개받았을 때 몰랐던 사실을 전임자에게 듣게 되었다. '마침 나간다는 사람이 있더라' 정도만 전해 들어서 내가 운이 좋다고만 생각했다. 나는 택배 일자리를 인터넷으로는 도무지 찾을 수가 없어서 낯선 사람들에게 물어보며 찾아다녔는데, 정작 누군가는 후임을 구하지 못해 몇 달 동안 일을 그만두지 못했다니.

"이 자리에서 몇 년 일하셨는데요?"

"3년 했어요. 우체국 집배원으로 이직합니다."

우체국으로 간다니, 대체 무슨 이유인지 궁금했다. 내 표정을 읽었는지 전임자가 피식 웃었다.

"우체국 택배는 연금이 있거든요. 뭐 벌이는 여기보다 좀 적을 수 있어도 거긴 준 공무원이나 마찬가지죠."

소소한 대화로 새로운 정보도 얻었다. 바깥에서 볼 때는 '택배 기사'라는 한 덩어리로 보이는 일이었는데 안으로 들어와 살펴보니 택배사마다, 집배점마다 일의 난이도도 일하는 방식도 달랐다. 사람들이 선호하는 자리, 안정적이라 여기는 자리가 따로 있다는 점도 신기했다. 어쨌든 일 시작한 지 얼마 안 돼 집과 가까운 곳으로 이직한 나는 운 좋은 '중고 신입사원' 마냥 신이 났다.

그러나 일주일의 인수인계 기간 동안 내가 맡은 자리가 쉽지만은 않다는 사실을 알게 됐다.

내가 담당할 구역은 기숙사와 관리사무소를 포함한 대학교 내 건물 19개와 그 인근 지역이었다. 대학교 건물 중에는 엘리베이터가 없는 곳도 있는데 층층마다 빼곡히 들어찬 사무실이며 강의실마다 택배를 직접 갖다줘야 했다. 일주일 평균 하루 배달 물량이 300개 정도로 수입은 나쁘지 않았지만 배송 시간이 오래 소요되는 대학교가 들어 있어 기사들이 기피하는 자리였다. 하지만 나는 물불 가릴 처지가 아니었다.

택배는 옷이나 책 한 권처럼 가벼운 물건도 많았다. 배달 한 건당 받는 돈은 평균 750원이었다. 건당 900원인 생수와 비교하면 차이가 크지만 무거움을 견디지 않아도 되는 택배가 개인적으론 더 나았다. 티셔츠 한 벌이 든 작은 비닐봉지를 2층까지 가져다 놓는 일과 2리터짜리 생수 6개 한 팩을 2층까지 가져다 놓는 일이 겨우 150원 차이라 생각하니 나는 배송 일을 더욱 즐겁게 할 수 있었다. 택배 기사들이 기피하는 자리였지만 인수인계 기간에도 출근길의 발걸음은 누구보다도 가벼울 수밖에 없었다.

그 많은 일 중
택배 기사를 한다고?

"나 택배 기사 됐다."

자랑스럽게 주변 친구들에게 얘기하자 대부분은 도무지 이해가 안 된다는 표정으로 침묵을 택했다. 대기업 사무직 친구는 대놓고 이렇게 말하기도 했다.

"와, 누가 보면 대기업 공채라도 된 줄 알겠다. 그게 그렇게 좋냐?"

허물없는 사이라 할 수 있는 말이었지만 나는 그 말이 내포한 약간의 편견과 걱정하는 마음을 눈치 못 챌 정도로 둔하진 않았다. 물론 친구들이 어떻게 생각하든 스스로 일자리를 찾아내고 세상에 다시 나온 나 자신이 자랑스러웠다. 친구는 바로 궁금한 점을 물어보았다.

"그래서 택배 기사는 얼마 버는데?"

"매달 다르지만 내가 가는 자리는 이거저거 다 떼면 월 평균 400만 원에서 500만 원 정도 되는 거 같더라."

친구가 이어 물었다.

"새벽부터 밤까지 일하냐?"

"아니, 하루 일고여덟 시간 일할 때 기준으로 그만큼이야. 전임자 분 보니까 일을 많이 한 달은 800만 원대도 벌었던데 난 그렇게까지는 못할 거 같아."

친구의 눈빛이 살짝 흔들리는 게 보였다.

"근데 택배 기사는 좀 그렇잖아. 일도 힘들고, 세상에 할 일이 얼마나 많은데."

친구의 말을 적당히 무시할까 했으나 마음에 담아두기보다는 제대로 말하는 편이 나을 것 같았다.

"어떤 일이든 저마다 힘든 점이 있겠지. 대기업은 뭐 안 힘드냐? 대기업 사무직이나 택배 기사나 다 사람 하는 일이고 세상에 필요한 일이야. 넌 택배 없이 살 수 있어?"

순간 정적이 흘렀다. 곧 다른 친구가 끼어들어 말했다.

"그건 맞는 말이야."

당시 나에게는 수많은 일 중에서 택배를 선택했던 나름의 이유가 있었다. 1년 6개월 동안 집 안에만 틀어박혀 있다가 뭐라도 해야지 하는 마음도 있었지만 도저히 당시 멘탈로는 일반 회사에 다닐 수가 없었기 때문이다.

사람에게 받은 상처로 숨어들었던 나는 얼마를 벌든 매일 사람과 한 공간에서 지내며 받는 스트레스를 감당할 수 없는 상태였다.

택배 배달은 혼자 하는 일이니 그런 두려움이 덜했다. 또 혼자 배송하기 때문에 이동하며 노래를 듣든 팟캐스트를 듣든 그 누구도 뭐라 하지 않았다. 안전을 위해 시야를 확보해야 했지만 귀는 자유였다. 틈틈이 강의를 들으며 지식을 쌓고 공부를 하는 등 자기계발을 무궁무진하게 할 수 있었다.

입고 나갈 옷이나 머리 스타일에 눈치 볼 필요도 없었다. 또 매일 많이 걷고 힘을 쓰니까 자연스럽게 운동도 되고 잡생각을 할 겨를이 없겠다고 예상했다. 그러면 밤에 잠도 잘 올 테고 이만한 일이 있을까 싶었다. 택배만 신속하고 정확하게 배송하면 일한 만큼 돈이 딱딱 들어오니 내게는 그 무엇보다도 설레는 일이었다.

한편으로는 이런 생각도 들었다. 내게는 몸으로 하는 일, 육체노동에 대한 막연한 두려움이 있었다. 택배 상하차를 아르바이트 삼아 한 적은 있지만 건설 노동이라든지 강도 높은 육체노동을 본업으로 긴 시간 해 본 경험은 없었다. 나의 한계를 시험해 보고 싶은 마음도 있었다. 노동 중에서도 중노동인 이 일에 적응하면 앞으로 사는 데 어떤 일이든 두려워하지 않고 할 수 있다는 자신감이 생기지는 않을까 생각했다. 그러니 그 당시 택배 일은 내가 다시 세상과 마주하기 위해 할 수 있는 최적의 일이었다.

생각의 정적을 깨니 친구가 웃으며 말을 걸고 있었다.

"야, 첫 월급 받으면 술 한번 사라니까."

"감당할 수 있겠어? 그때 내가 너무 힘들다고 징징거릴 수도 있는데."

내가 툴툴대자 친구가 어깨를 치며 말했다.

"넌 분명 잘할 거야! 안주 맛있는 걸로 사라."

어디서든 스스로
기회를 찾아 나서야 하는 시대

택배사마다 장단점이 있지만 유독 현직 기사들이 선호하는 곳이 있다. 다른 택배사에 비해 업무 효율이 높다는 인식 때문이 아닐까 싶다. 기사들에게 인기 있는 택배사 중에는 대표적으로 C사가 있다. C사의 인기 비결을 잠깐 분석해 보겠다.

C사는 국내 물류 시장에서 가장 계약이 많다. 이를 처리하기 위해 화물을 집결하고 분산하는 중심지 역할의 물류 거점도 많고, 그에 맞는 전문 인력 또한 확보하고 있다. 택배 기사 입장에선 물량이 많으니 벌어갈 수 있는 돈이

많고 같은 물량이어도 다른 택배사에 비해 배송 구역이 좁으니 일은 더 빨리 끝난다.

또한 C사는 2016년부터 'ITS Intelligent Scanner'와 '휠소터 Wheel Sorter'를 도입하면서 택배 현장에 혁신을 불러일으켰다. ITS는 '정밀 화물 체적 측정 기술'로 터미널에 도착한 택배 상자의 무게를 측정하고 자동으로 이미지를 저장할 수 있다. 그리고 택배 상자 위에 붙어 있는 운송장 바코드를 인식해서 배송 지역별로 자동 분류가 이뤄진다.

휠소터는 택배를 지역별로 자동 분류해 택배 기사 앞까지 상자를 전달해 주는 장비다. 과거에는 기사들이 컨베이어 벨트 옆에 바짝 붙어 빠르게 움직이는 택배 상자들을 육안으로 살피며 운송장에 적힌 주소를 판별해 손으로 직접 분류했다. 현재는 휠소터 덕분에 택배 기사들의 작업 능률이 대폭 향상되었다.

ITS와 휠소터 덕에 물류 혁신이 일어났고, C사는 동종 업계에 비해 기술 격차가 3년에서 5년 정도 앞서고 있다고 평가받는다. 빅데이터를 활용한 자동화 기술은 물류 관제의 효율성을 높였고 택배 기사의 작업 능률을 향상시키는 동시에 업무 피로를 낮추었다. 또한 고객에게는 신속하고 신뢰도 높은 물류 서비스를 제공하게 되었다.

이러한 사정 때문인지 C사와 같은 인기 택배사는 일이 효율적이고 벌이가 좋다는 인식이 있어 자리가 나면 후임자를 금방 구한다. 거기다가 담당 구역까지 좋은 경우, 자신의 자리를 친인척이나 자식에게 넘겨주는 경우도 비일비재하다. 택배 기사는 개인사업자이기 때문에 자기 자리를 자식에게 준다고 해도 취업 비리가 아니다.

이직이나 퇴직으로 자리가 나면 택배 기사들이 모인 온라인 커뮤니티에 개인이 구인공고를 내기도 하지만 대부분은 집배점에서 '알음알음' 후임자를 구해 준다.

예전에는 그만두는 기사가 직접 커뮤니티에서 후임자를 구하며 자리에 따라 권리금을 받는 일도 꽤 있었다고 한다. 그리고 어떤 자리든 인수인계 기간이 짧은 택배 경력직을 선호하기 때문에 나처럼 경력이라고는 2주 조금 넘는 초짜가 바로 C사 택배 기사가 된 건 운이 좋은 편이었다. 그 짧은 경력이 힘들다고 소문난 생수 배달이었기에 바로 일을 시작할 기회를 얻었는지도 모르겠다.

내 전임자에게는 미안한 말이지만 만약 그도 집배점에

서 사람을 구해 주길 기다리기보다 온라인 커뮤니티에서 스스로 알아보았다면 아주 적은 노력으로 쉽게 후임자를 구했을지 모른다. 그랬다면 이직을 마음먹고 5개월이나 일을 더 할 필요는 없었을 테다.

실제로 1년 후 내가 일을 그만둘 때 스스로 사람을 구하자 자리에 대한 권리금이 얼마냐고 물어오는 사람이 정말 많았다. 무상으로 넘기는 것이라고는 생각도 하지 못하고 물어오는 경우였다. 물론 그 사이 내가 담당 구역을 더 편하게 만든 점도 한몫했지만, 돈 받고도 팔 수 있는 자리에 원치 않게 5개월이나 더 매여 있을 필요는 없다. 무언가 잘 되지 않을 때 다른 사람들이 다 그렇게 해 왔다고 기다리기만 해서는 아무것도 변하지 않는다.

부끄러움과 귀찮음을 감내하고 스스로 움직여야 기회가 온다. 택배 일을 통해 얻은 큰 깨달음 중 하나다.

평범했던 사람이 유튜브나 틱톡을 통해 큰 부자가 되고, 두세 명이 작은 아이디어 하나로 스타트업을 시작했다가 수십억을 투자받고 유니콘 기업으로 성장하는 시대다. 그 어느 때보다 스스로 기회를 찾아 나서는 것이 중요한 시대가 아닐까.

회사 대표 시절 작게나마 여기저기 올라갔던 나에 관한 언론 기사를 칩거 생활에 들어가며 모조리 내렸었다. 생각해 보면 누가 애써 나에 대해 검색해 보지 않는 한 어디 노출될 일도 없고 알려질 일도 없는 기사들이었다. 그런데도 나는 내 얼굴과 이름이 모두가 볼 수 있는 곳에 공개되는 일을 견딜 수가 없어 기자 한 명 한 명에게 연락해 기사를 내려 달라고 부탁했다. 인스타그램이나 카톡 프로필에도 내 사진을 올리지 않았다. 지금 생각해 보면 그런 태도로 많은 기회를 차단하지는 않았을까 조금 후회된다.

여전히 나는 낯선 사람에게 말 거는 일이 부끄럽다. 존경하고 만나고 싶었던 사람에게 메시지를 보내는 일 역시 겁이 난다. 무시당하진 않을까, 아니 무시당하는 건 차라리 낫지, 이상한 사람으로 여기지 않을까 두렵다. 하지만 이전의 나와 지금의 내가 다른 부분은 그 두려움을 극복하고 말을 건다는 점이다.

용기를 내어 말을 거는 이에게 상처를 주는 사람도 물론 있지만, 그건 그들에게 어떤 트라우마가 있거나 상처가 있는 상태여서다. 선을 지킨다는 전제 하에, 스스로 당당하고 건강한 사람은 용기 내어 말 걸어 오는 이를 결코 나쁘게 여기지 않는다. 오히려 도와주고 싶어 한다.

부끄러워 말을 조금 더듬거나 긴장하는 모습을 보인다고 해도 이상하게 여기지 않는다. 능숙하게 말을 거는 게 오히려 사이비 종교를 전도하는 사람처럼 보일 수도 있다. 꼭 낯선 사람에게 말을 거는 일이 아니더라도, 앞으로 나는 새로운 기회가 필요할 땐 스스로 움직이는 사람이 되고자 한다.

아무도 알려 주지 않는
생수 배달의 진실과 월급 공개

생수 배달에 대한 글을 시작하기 전에 생수 배달 센터마다 상황이 다를 수 있고 내가 모두를 아우르기에는 경험이 부족하다는 사실을 미리 언급하고 싶다. 다만 처음 일을 시작하는 사람에게는 그 경험도 정보가 될 수 있다는 생각에 공유하려 한다. 감안하고 봐 주었으면 좋겠다.

처음 택배 일을 하고자 했을 때 무엇을 준비해야 하는지, 어떻게 하면 일자리를 구할 수 있는지 알 수 있는 방법이 거의 없었다. 많은 사람이 그렇듯 나 역시 인터넷 검색에 의지했다. 그런데 '택배'를 키워드로 검색하다 보니 유독 생수 배달을 홍보하는 글이 많이 보였다. 기억에 남는 글 중 하나는 일반 택배와 생수 배달을 비교했는데 이런 내용이 눈에 띄었다.

'생수 배달은 물품 규격이 일정하여 일반 택배보다 상차가 편하고, 소요 시간이 짧다.'

'일반 택배는 수입 극대화가 어렵고 생수는 가능하다.'

나는 둘 다 경험해 본 자로서 이번 기회에 인터넷 홍보글의 진실을 밝히고자 한다.

생수 배달 홍보글 대부분은 생수 배달을 실제로 해 본 사람들이 아니라, 배달업에 입문하려는 초보자에게 일자리를 알선하고 그 과정에서 수수료를 받는 이들이 작성한다. 그렇다 보니 의도했든 의도하지 않았든 실제 업무와는 큰 차이가 있다.

사실 이런 글을 써도 되는지 조심스러운 면이 있다. 모든 일에는 명암이 있고 생수 배달이 체질이나 상황에 맞아 열심히 일하고 계신 기사님도 무척 많다는 사실을 알고 있기 때문이다.

하지만 내 경험을 놓고 판단해 보면 인터넷 홍보글에는 왜곡된 정보가 많았다.

업무 부분에서 가장 잘못된 정보를 먼저 짚어 보겠다.

'생수 배달은 물품 규격이 일정하여 일반 택배보다 상차가 편하고, 소요 시간이 짧다.'

생수 배달에 최적화된 신체 구조를 타고났거나, 노련한 경력자가 아닌 이상 이 말이 진실이 되기는 쉽지 않다. 사람마다 조금씩 다르겠지만 보통 250팩 기준 상차 시간은 2시간 정도이고, 300팩은 2시간에서 2시간 30분 정도였다. 일반 택배는 간선 차량만 제때 오면 물량이 300개든 400개든 길어야 1시간에서 2시간이면 충분히 마칠 수 있다. 생수는 간선 차량을 기다릴 필요 없이 센터에 준비된 물량을 가져다 싣기만 하면 되었는데도 시간이 오래 걸렸다.

사실 이건 해 보지 않아도 예상할 수 있는 부분이다. 일반적인 택배는 소형 크기도 많고 생수만큼 무거운 물품은 드물다. 택배 기사들이 소위 '똥짐'이라고 부르는 크고 무거운 물건, 즉 이형화물이 내 기준으로는 한 달에 20개 미만이었다. 똥짐이 한꺼번에 많이 오더라도 상차를 모두 마쳤을 때 적재 중량 1톤을 넘어가는 경우는 없다. 하지만 생수는 1팩 기준 2리터 생수 6개, 84팩만 실어도 적재 중량 1톤이 넘어간다.

그렇다. 나는 이 부분이 참 힘들었다. 2킬로그램짜리 생수 6개 한 팩이 너무너무 너무나 무겁게 느껴졌다. 나를 포함한 대부분의 남자들은 직접 일을 해 보기 전에는 이 점을 예상하지 못한다. 왜냐하면 대부분의 이십 대 남자에게 2리터 생수 한 팩을 드는 것은 크게 어려운 일이 아니기 때문이다.

고작 12킬로그램 드는 것을 힘들고 어렵다고 말하는 순간 중요한 부분이 떨어져 나갈 것만 같은 착각이 들기도 한다.

솔직히 남자라면 한 번쯤 어머니나 여자 친구를 대신해 그 정도 무게를 들어 주고선 "이런 건 새끼손가락으로 들어!" 하고 농담 섞인 허세를 부려 본 적이 있지 않을까? 그러나 그것은 12킬로그램 생수 300팩을 옮겨 보기 전까지만 부릴 수 있는 허세다. 어쩌면 나처럼 200개가 넘어가는 순간, 아니 이것도 허세일 수 있겠다. 100개만 넘어가도 그때부터 나는 누구인가, 여긴 어디인가라는 생각이 절로 들 것이다.

생수는 물건 자체가 무겁다는 치명적인 기본 조건 외

에도 큰 단점이 하나 있는데 일반 택배보다 배송 권역이 매우 넓다는 점이다. 일반 택배는 배송 권역이 오밀조밀하게 모여 있는데 반해 생수는 배송 가구 수가 일반 택배보다 적을지라도 드문드문 퍼져 있어 배송하는 시간이 배로 길 수밖에 없다.

베테랑 생수 배달 기사를 기준으로 1시간 동안 최대 열 집에서 열두 집을 들를 수 있는데, 물 한 팩만 시키는 집도 생각보다 많다. 처음에는 내가 초짜라 14시간 이상 걸렸다고 생각했는데 그렇지 않았다.

베테랑 생수 배송 기사들에게 이것저것 묻고 다니며 일하는 시간의 평균을 내 보니 다들 기본 10시간 이상이었다.

앞서 말했지만 나는 취업 알선 블로그의 휘황찬란한 글을 보고 생수 배송을 시작했다. 문외한이 보면 혹할 가능성이 높다. 특히 '수입 극대화'라는 말이 내 눈에 띄었다. 하지만 진짜 수입을 극대화하려면 택배를 해야 하고 무엇보다 '집화'를 해야 한다. 쉽게 말하면 집화는 한꺼번에 쌓여 있는 택배를 걷어 오는 일이다.

인터넷 쇼핑몰로 스티커를 파는 사업자가 있다고 치자. 그날그날 고객에게 보내야 할 스티커를 포장하고 운송장을 출력해 붙여 두면 택배 기사는 그걸 한꺼번에 가져와 터미널로 보낸다. 그러면 그렇게 쌓아둔 물건 한 건 한 건이 다 돈이 된다.

내가 소속되어 있던 집배점에서 수수료를 뗀 일반 배달 물건 한 개의 평균 수입이 750원이라고 치면 집화 배달 물건 한 개의 수입은 500원이었다. 금액 차이가 조금 나기는 하지만 일반적인 배달 물량을 하나씩 고객의 집 앞까지 배달하는 수고를 생각하면 아무것도 아니다. 그러니 택배에서 수입 극대화라고 하면 집화를 얼마나 많이 하느냐에 달려 있다 해도 과언이 아니다. 그런데 생수 배달은 집화가 없었다. 기본적으로 시간도, 적재함의 공간도 여유롭지 않고, 오로지 생수만 배송하기 때문이었다.

게다가 생수 센터는 주로 땅값이 저렴한 외곽에 있기 때문에 주유비도 많이 나온다. 나 같은 경우 센터로 출근하는 거리가 32킬로미터였고 센터에서 배송지까지 이동하는 거리가 40킬로미터였다. 주유비는 3일에 7만 원 정도 들었고, 하이패스비도 한 달 기준 보통 5~8만 원 정도 산정되었다. 생수 기사도 택배 기사와 마찬가지로 일주일

에 엿새 일하니 한 달에 24일 근무한다 치면 차를 굴리는
데만 매달 60만 원이 넘게 드는 셈이다.

물론 소장에게 가는 집배점 수수료가 없어 생수 한 건
에 900원을 온전히 받았지만, 들어가는 돈을 생각하면 큰
수익이라고는 할 수 없었다. 일을 하며 물어보고 다닌 것
을 토대로 계산해 보면 생수 기사님들이 버는 돈은 보통
월 450만 원 이상은 되는 것 같았다. 그런데 주유비를 포
함한 이런저런 비용을 다 빼면 실제 버는 돈은 300만 원
대 후반이라고 생각하는 게 평균 아닐까 싶다.

물론 생수만의 특별한 장점도 있기는 하다. 그것은 뭐
니 뭐니 해도 물을 분실하거나 잘못 배송하더라도 기사
입장에선 물어줘야 할 금액이 일반 택배에 비해 현저히
적다는 것이다. 일반 택배의 경우 그 안에 든 물건이 무엇
이냐에 따라 집안 기둥이 휘청일 수도 있다. 코로나19 이
후 온라인 쇼핑이 늘어나면서 명품이든 귀금속이든 직접
방문해 사지 않고 인터넷으로 주문하는 사람들이 많아졌
기 때문이다. 하지만 물은 비싸 봤자 에비앙이다.

생수는 기본 단가가 낮아 분실 시 위험부담이 훨
씬 적다.

업무 일정이 비교적 자유롭다는 점도 큰 장점이다. 업무대행자(용차)를 미리 구하고 쉬어야 하는 일반 택배와는 다르게 대부분 생수 센터의 경우 쉬고 싶으면 미리 말만 하면 된다.

센터 내엔 휴가자의 물량을 소화할 수 있는 예비 기사가 있기 때문이다. 생수 배송은 일반 택배처럼 물건을 잃어버리면 안 된다는 경각심이 낮다. 그래서 일반 택배처럼 구역을 담당해야 한다는 부담감도 적고 또 그만두는 사람들이 많아 예비 기사가 많다.

출근 시간도 큰 장점이다. 내가 있던 곳은 보통 오전 12시부터 9시까지 아무 때나 출근을 해도 상관이 없어서, 일을 일찍 시작해 빨리 끝내고 싶으면 얼마든지 그렇게 할 수 있었다.

조심스러운 마음을 갖고도 굳이 이렇게 생수 배달에 대해 자세한 글을 쓰는 이유는 일을 시작하려는 사람들이 얻을 수 있는 온라인 정보가 조금은 편파적으로 보여서다. 대부분의 정보는 생수 배달 취업 알선을 업으로 하는 이들이 써내는 글에서 나온다. 생수 센터는 보통 지도에 나와 있지 않고 연락처를 알 방법도 없어 소개비, 알선비를 주고 취업하는 경우가 많다.

나 역시 처음에 이런 중개인을 통해 일자리를 소개받으려 했지만 보통 생수 취업 알선비가 최소 100만 원부터라는 사실을 알게 되고는 엄두도 나지 않았다. 돈을 벌기 위해선 어느 정도 돈이 든다지만 이건 다시 생각해도 너무한 거 아닌가 싶다. 실제로 정보력이 좋은 기사들은 센터 전화번호를 수집하고 직접 찾아와 그 자리에서 취업이 되는 경우가 많기 때문이다.

알선비를 100만 원 넘게 쓰느니 얼굴에 철판 까는 게 낫다고 생각하는 나 같은 분이 있다면 약간의 팁을 드리고 싶다. 생수 일자리를 구하는 가장 간단한 방법은 생수 배달로 취업하고자 하는 택배 회사의 고객센터로 문의하는 것이다. 그렇게 하면 센터 전화번호를 알려 준다. 특별한 결격사유가 없는 한 직접 생수 센터에 가서 일을 하겠다는 의지만 보이면 된다.

이미 말했듯 택배차를 가진 사람들만 할 수 있는 일이고 힘든 일이다 보니 이탈자도 많아서 일하겠다는 사람을 거부하는 생수 센터는 거의 없다. 그리고 무식하고 시간이 오래 걸리지만 결과 하나는 확실한 방법도 있다. 바로 내가 일반 택배로 이직할 때 썼던 방법이다. 생수 기사든 택배 기사든 일하고자 하는 직종의 기사님들을 마주치게 된다면 그들에게 직접 물어보는 것이다. 조금 낯부끄럽긴 해도 확실한 방법이다.

생수 기사 시절 택배 일자리가 있으면 알려 달라고 전화번호를 드렸는데 지금까지도 전화를 주시는 분이 종종 있다. 일단 뿌려 놓고 기다리면 일자리는 나오게 되는 것 같다.

이 외에도 택배 관련 인터넷 카페들이 있는데 생수뿐 아니라 일반 택배에 대한 글도 자주 올라오니 그곳에서 일자리를 찾는 방법도 추천한다.

택배 첫날
15시간 일하고 번 돈

택배 기사의 스케줄은 출근 시간에 따라 나뉜다. 7시에 이른 출근을 하는 기사는 평균 100개 정도의 물량을 받아 먼저 2시간 정도 배송을 하고 돌아와 밥을 먹은 뒤 다시 남은 물량을 받아 출발하는, 구역을 두 번 도는 '투배'를 한다. 9시쯤 출근하는 기사는 밥을 먹고 물량을 한꺼번에 받아 배송하는 '완배'를 한다.

7시 출근은 구역을 두 번 돌아야 하고 유류비도 두 배가 되지만 업무 마감 시간이 이른 장점이 있다. 이미 오전에 100개의 물량을 소화했기에 퇴근이 빠르다. 각자 장단점이 있었기에 어떤 기사는 7시 출근, 어떤 기사는 9시 출근을 선호한다. 나 같은 초짜들은 배달 구역을 익히는 게 가장 급선무이기에 선택의 여지 없이 무조건 투배를 하게 된다.

오랜 칩거 생활 동안 낮에 자고 밤에 깨던 날이 많았는데 생수 배달 일이 생체시계를 되돌려주었다.

나올 땐 분명 아직 잠이 덜 깬 것 아닌가 싶었는데, 아침부터 활기로 가득 찬 터미널에 도착해 차에 배달할 짐을 채워 넣다 보면 완전히 정신이 깨어난다. 빨리 일에 적응해 한 번만 움직여도 되는 완배를 하고 싶었다.

인수인계가 끝나고 혼자 일을 시작한 첫날, 아침 7시에 터미널에 도착했다. 배달을 시작하자마자 비가 왔다. 꽃잎과 함께 후드득 떨어져 내리는 4월 말의 가벼운 봄비는 누군가에게 낭만일 수도 있었겠지만 내게는 끔찍한 존재다. 생수든 택배든 배달 일을 할 때는 우산을 쓸 수가 없기 때문이다.

배달 물량이 많아 수레에 차곡차곡 쌓아둔 상자는 비 맞지 말라고 고이 비닐을 덮어 준다. 그렇지만 나는 1분이라도 빨리 움직여야 하는 처지니 우비를 입거나 우산을 쓸 여유가 없었다. 우비를 입는다 해도 어차피 젖는다는 사실을 생수 배달 시절 경험으로 알았다. 결국 젖는데 우비를 입어서 땀과 빗물이 뒤섞여 고인 상태로 질척이게 할지, 입지 않고 깔끔하게 빗물에 씻겨 내려가게 할지 선택하라면 당연히 후자였다.

홀로서기 첫날은 비가 와서인지, 온전히 혼자 힘으로는 처음 해 보는 일이 익숙지 않아 그런지 생각보다 힘이 들었다. 내가 맡은 구역에는 쉬운 건물과 어려운 건물이 있었다. 육체적으로 어려운 건물은 연구실마다 엘리베이터가 없어 계단을 타고 올라 각 호마다 배달해야 하는 곳이었다. 쉬운 건물은 1층 한자리에 배달할 택배를 모두 얹어 두면 되는 곳이었다.

심리적인 어려움도 있었다.

대학교에 들어갈 때마다 찜찜함과 울렁이는 속을 부여잡고 나는 꾸역꾸역 택배를 배달했다. 내 또래인 대학생과 대학원생이 호기심 어린 눈빛으로 빤히 쳐다볼 때면 마음이 살짝 불편했다. 원래 이런 성격은 아니었다. 남들이 창피하다고 생각하는 일도 스스럼없이 하고, 여기저기 활발하게 돌아다니는 성격이었다. 그런데 사업을 접고 대인기피증을 겪었다. 모르는 사람 눈빛이 신경 쓰이고, 식은땀이 나고, 심장이 빨리 뛰었다. 밖으로 나오며 이제 다 나았다고 생각했다. 생수와 택배 일을 하면서는 완전히 없어졌다고 생각했는데 그게 아니었던 모양이다.

점심 먹는 일도 고역이었다. 내가 있던 곳은 보통 휴식 시간이 10시인데, 그때 아침 겸 점심을 먹고 퇴근할 때까지 일했다. 배송을 시작하기 전이니 든든한 음식을 먹으면 좋겠지만 실상 택배 기사는 메뉴를 고르며 천천히 밥을 챙겨 먹을 만한 여유가 없었다.

또 환경도 되지 않았다. 터미널에는 택배 기사 휴게실이 딱 한 곳뿐이었는데, 한 터미널을 사용하는 여러 팀의 택배 기사를 모두 합하면 150명쯤 되었다. 휴게실은 150명이 차렷 자세로 서서 수납되다시피 방에 들어간다 해도 다 수용하지 못할 16제곱미터 정도의 작은 방이었다.

사정이 이렇다 보니 밥을 휴게실에서 먹는 사람보다 대충 상자 더미를 치우고 분류 작업하는 곳에 앉아 먹거나 차 안에서 먹는 사람이 더 많았다. 나는 상차를 위해 대기하는 차의 자리가 휴게실이 가까워서인지 유일한 이십 대 막내라 배려해 주셨는지 몰라도 휴게실에서 식사를 할 수 있었다. 하지만 휴게실 상태를 생각하면 고문에 가까웠다.

밥 먹을 시간도 부족한 판에 휴게실을 나서서 치우는 기사가 있을 리 없었다. 휴게실 바닥에는 며칠 묵었는지 알 수 없는 음식물 찌꺼기와 자잘한 쓰레기가 굴러다녔다. 도저히 어디에 발을 디뎌야 할지 난감한 상태였다.

내게 남보다 잘하는 일을 말해 보라고 하면 자신 있게 말할 수 있는 게 바로 청소다.

특별히 청소라는 행위에 재능이 있다기보다는 깔끔한 곳을 좋아하고 지저분한 환경을 견디지 못하기 때문이다. 남들은 나와 깨끗함의 기준이 다르다는 사실을 알아서 다른 사람들에게는 내 기준을 요구하거나 기대하지 않는다. 다만 내가 견딜만한 환경을 만들기 위해 청소할 뿐이다. 살기 위해 청소하다 보니 남들보다 잘하는 일이 되었다고나 할까.

가족과 함께 살게 된 후 칩거 중인 나를 두고 가족 여행을 떠난다고 하면 반가웠다. 그동안 대청소를 하며 내가 원하는 만큼 집을 깨끗하게 만들 수 있었다. 그렇다 보니 어느새 가족들은 여행을 갈 때 빈말로라도 내게 동행을 권유하지 않는다. 돌아오면 깨끗해진 집이 기다리고 있기 때문이다.

청소의 재능을 일터에서까지 발휘할 줄은 몰랐다. 조용히 그리고 신속하게, 내가 음식을 섭취해도 토하지 않을 정도의 환경으로 휴게실을 만들었다. 짧은 휴식시간 중 다른 사람 식사가 끝날 때까지 기다렸다 청소하는 데 시간을 쓰다 보니 밥 먹을 시간은 더 부족해졌지만 상관없었다. 청소하며 온갖 더러운 것들을 만지니 입맛이 떨어졌고 메뉴를 거의 통일했는데 하필 내가 싫어하는 김치찌개라 맨밥만 한두 입 먹다가 거의 남겼다.

점심시간이면 다 같이 근처 분식집에서 배달을 시켜 먹었다. 각자 돈을 내고 먹지만 원하는 메뉴를 고를 수는 없었다. 그 많은 사람이 각자 원하는 메뉴를 골랐다가는 대혼란이 일어날 테니 아무도 불만을 제기하지 않았다.

공복이나 다름없는 상태로 남은 배달을 하려니 속이 너무 쓰리고 속도도 나지 않았다. 비는 계속 왔고 배달할 택배는 도무지 줄지 않았다. 바로 직전에 손바닥 살이 터져 나가는 생수 배달 일을 해 보지 않았더라면 힘들어서 도망가는 사람이 있다 해도 믿었을 정도였다.

첫날 일을 마치니 10시였다. 친구에게 '7~8시간만 일한 다' 호언장담한 것이 창피하게도 15시간을 일했다. 그렇게 배달한 물량은 273개로 하루 20만 원 조금 넘는 돈을 벌었다. 하지만 이상하게 기분은 나쁘지 않았다. 생수 배달 첫날처럼 적자도 아니었고, 힘들긴 했지만 생수 배달하던 시절의 '상대적으로 덜 힘든 날'보다도 훨씬 덜 힘들었기 때문이다. 그래도 이번 일은 '몸을 움직이는 만큼 대가를 받는 일'이라는 생각이 들었다.

생수 배달 때처럼 '미래의 건강을 돈과 맞바꾸는 일'이라는 생각까지는 들지 않아서 좋았다.

잠들기 전에 그날 하루를 정리해 보려 했다. 하루 동안 느꼈던 불편함을 다시 떠올리며 어떻게 개선할지 방법을 고민하면 좋을 것 같았다. 하지만 제대로 생각하기 전에 스르르 잠들어 버리고 말았다.

미니멀리스트 택배 기사의
첫 월급 사용 내역

첫 월급은 482만 1,631원이었다. 많아 봐야 55만 원이었던 커피 로스팅 아르바이트 시절의 작고 소중한 월급을 떠올리니 대비가 되어 더욱 감동적인 숫자였다. 월급을 받은 뒤 쉬는 일요일, 나는 전보다 훨씬 넉넉해진 통장 잔고를 바라보며 생각에 잠겼다. 어쩐지 기념비적인, 택배 기사로서의 첫 월급이니 의미 있는 소비를 하고 싶었다.

나는 물욕이 없는 편이다. 꼭 필요한 물건만 소유하고, 한 번 소유한 물건은 오래오래 사용한다.

운동화나 옷을 사고 모으는 데서 즐거움을 느끼지 못한다. 내가 가진 몇 벌 안 되는 옷은 90퍼센트가 저가의 브랜드고 나머지 10퍼센트는 사업할 때 구입한 맞춤 양복이다. 신발도 브랜드를 따지지 않고 아무거나 신는다. 구두 하나, 밑창이 푹신한 운동화 하나, 샌들 하나, 비 오는 날 일할 때 신으려고 산 아쿠아슈즈 하나가 내가 가진 신발의 전부다.

액세서리는 고등학생 때 선물 받은 시계가 끝이다. 이십 대 초반에 시곗줄이 다 닳아 눈에 띄는 길가의 액세서리 가게에 들어가 시곗줄만 사서 갈았는데 저렴한 주얼리 브랜드였다. 당시 여자 친구가 보고는 "너는 무슨 중고등학생 커플링 맞추는 브랜드에서 시계를 샀냐"고 놀리기도 했다. 아마 시곗줄에 조그맣게 각인된 로고를 보고 내 시계가 그 브랜드라고 생각한 모양이다. 그런 오해를 받거나 말거나 나는 같은 시계를 매일 차고 다닌다.

향수는 몇 년째 베르사체의 에로스를 쓰고 있다. 검색해 보면 이십 대가 쓰기에는 조금 중후한 편이라는 평이 많다. 무거우면서 달콤하고, 에로스라는 이름처럼 약간은 관능적인 향이다. 사업하던 시절 양복과 어울리는 것 같아 쓰기 시작했는데 캐주얼 복장에도 의외로 어울린다.

향수는 차림새와 딱 맞는 느낌보다는 겉으로 보이는 이미지와 반대되는 향을 사용해야 그 사람의 매력을 최대치로 끌어올릴 수 있다는 이야기를 어디선가 읽었다. 겉으로 보이는 것과 다른 '의외의' 향이 났을 때 그 낯선 감각이 매력으로 작용한다는 이론이다.

진짜인지 아닌지는 모르겠지만, 어쨌든 나는 택배 일을 하면서도 아침에 향수를 뿌리는 건 빼먹지 않았다. 깨끗이 샤워하고 세탁해서 반듯하게 다림질한 옷을 입고 마무리로 향수를 뿌린다. 하루를 기분 좋게 시작하기 위한 나의 루틴이다.

그 외에 특별히 매일 사용하거나 애착을 가지는 물건은 없다. 내 방에는 몇 권의 책과 컴퓨터 외엔 아무것도 없다. 컴퓨터도 마음 같아서는 가벼운 노트북 하나만 쓰고 싶지만 부업으로 영상 편집 일을 해서 어느 정도 성능이 되는 데스크톱이 필요하다.

책을 무척 좋아하지만 보고 싶은 책은 사서 본 뒤 다른 사람에게 주고, 다시 보고 싶을 땐 도서관에서 빌려 보니 집에 책 쌓일 일이 없다. 게다가 요즘은 전자책을 주로 이용하고 따끈따끈한 신간 중 너무 읽고 싶어 전자책 출시까지 못 기다릴 경우에만 종이책을 산다.

컴퓨터를 제외한 내 짐은 여행 가방 하나에 모두 들어갈 정도다.

미니멀 라이프가 몇 년 전부터 크게 유행하고 있다. 나는 어릴 때부터 이렇게 살아오다 보니 특별한 생각이 없었는데 책을 통해 미니멀 라이프의 개념과 사례를 접한 뒤 깜짝 놀랐다.

"이건 그냥 내 얘긴데?"

사실 어릴 때는 지인들이 쓰지 않는 물건을 쌓아 둔다든지, 냉동실에 먹어서는 안 될 것 같은 유통기한이 지난 음식을 보관해 놓는다든지 하는 습관을 이해할 수 없었다. 물건을 살 때도 '필요하다'는 생각이 들어야 사지 '갖고 싶다'고 사지는 않는다.

더 많은 물건을 갖고자 하는 것, 물건을 많이 보관할 수 있는 더 넓은 집을 욕망하는 것이 당연한 세상에서 내가 이상하고 별난 사람인 줄 알았는데 미니멀 라이프라는 말을 알고 나서 마음이 많이 편해졌다. 적게 소유하고 가볍게 사는 삶의 즐거움을 공유하는 사람들이 많아지고 있다고 생각하니 기분이 좋다. 물론 필요하다고 생각되는 물건은 잘 사고, 주변에 선물하기도 한다.

'필요했는데 돈이 없어 못 샀던 게 뭐가 있었더라.'

첫 월급으로 무얼 살까 고민하다 검색 중 우연히 본 '마사지 건'이 문득 떠올랐다. 이름은 건이지만 총보다는 헤어드라이어를 닮은 물건인데 뭉친 부위에 갖다 대면 진동하면서 풀어주는 기구다. 택배 일을 하며 허리와 어깨가 단단하게 굳어 손으로 주물러서는 풀리지가 않았다.

'효과가 있을진 모르겠지만 일단 써 보자.'

그렇게 마사지 건을 충동구매했다. 결과는 대성공! 뻐근한 허리 근육을 마사지 건으로 풀어 보고는 천국을 맛봤다. 친가와 외가 조부모님 댁으로도 하나씩 사서 보내드렸다.

남은 돈은 최소한의 생활비만 빼 두고 그대로 어머니의 통장으로 향했다. 빚의 삼분의 일이 훅 줄었다 생각하니 그 어떤 물건을 사는 것보다 기분이 좋았다. 빨리 어머니에게 빌린 돈을 갚고 진짜 내 돈을 모으고 싶었다.

내 택배는 왜
옥천, 곤지암까지 갔다 올까?

택배 시스템을 잘 모르던 시절 옆 동네 사람과 중고 거래를 하다 이런 일이 있었다. 행정구역은 다르지만 실제 거리는 아주 가까운 터라 원래 직거래를 하기로 했었는데 약속한 날 상대가 나오기 어렵다고 택배를 부탁했다. 택배비를 받고 물건을 부친 후 운송장 번호를 보내 주었는데 택배 조회를 할 줄 모른다기에 포털 사이트에서 조회하는 방법을 알려 드렸다. 택배가 어디 있는지 알 수 있다고 설명해 드리고 그것으로 끝인 줄 알았다. 하지만 그날 저녁 황당한 메시지를 받았다.

'물건이 곤지암에 가 있다고 나오는데? 어떻게 된 일인가요? 거기가 얼마나 먼 곳인데……'

구매자의 질문을 처음에는 이해하지 못했다.

'택배로 보내 달라 하시지 않았나요?'

'바로 코앞이잖아요. 그래서 오늘 올 줄 알았죠. 택배비가 필요하대서 그것까지 따로 줬는데.'

가까운 곳에서 보낸다고 당일 배송이 될 줄 알았다고? 잠시 할 말을 잃었지만, 최소한의 설명을 해 주었다.

'택배 보내면 원래 그래요. 아무리 가까운 곳이라도 최소 하루는 걸려요.'

'아니 엎어지면 코 닿을 거리인데 곤지암까지 갔다 온다는 게 그게 말이 되나?'

곧이어 전화가 걸려 왔다.

"여보세요."

카랑카랑하지만 나이가 느껴지는 목소리가 들렸다.

"아이고, 내가 이거 열무마켓인가 뭣인가를 손자가 깔아 줘서 하긴 하는데…… 잘은 몰라 가지고."

어떻게 말씀드려야 하나 생각을 하는데 때마침 등장한

손자가 상황을 해결해 줬다.

"할머니, 내가 통화할게."

전화기를 건네받고 대신 통화하면서 상황을 전해 들은 손자는 내게 사과하며 할머니에게 잘 설명하겠다고 말했다. 그 뒤 다시 연락을 주시는 일은 없었다.

가까운 곳으로 보내는 택배인데 왜 멀리 있는 곤지암 허브를 거쳐 가는 걸까? 그 이유를 알아보기 전 오해를 막기 위해 한 가지만 더 설명하고자 한다. 가까운 곳으로 보내는 모든 택배가 허브를 거치는 것은 아니다.

대부분의 택배 기사는 운송장의 분류코드를 보고 자기 관할 구역, 혹은 같은 영업소 동료 직원들의 관할 구역인지 확인한다. 그리고 일을 꼼꼼히 처리하는 기사는 운송장을 보고 따로 챙겨 놨다가 바로 서브 터미널에서 해당 구역의 기사를 찾아 택배를 넘긴다. 하지만 물량이 많아 그런 것 하나하나 신경 쓰지 못하거나, 거리는 가깝지만 해당 택배 기사와 연이 닿지 않는 구역이면 어김없이 허브를 거쳐 간다.

그래도 가까운 곳이면 허브로 보내지 않아도 되는 것 아닌가? 내 택배 한 건만 생각하면 당연히 이런 의문이 들기 마련이다. 음식 배달이라면 음식점과 가까운 곳에 살 때 배달을 빨리 받을 수 있겠지만, 택배는 그와 전혀 다른 시스템으로 움직인다. 이 시스템을 알기 위해서는 먼저 우리에게 너무 친숙한 그 이름, '곤지암 허브'와 '옥천 허브'의 '허브'가 무엇인지부터 알아야 한다.

허브는 '중간 물류센터'이다.

'HUB'라는 대문자 알파벳으로 표기되는 경우가 많기 때문에 길고 긴 영어의 약자인 것 같지만, 무언가의 줄임 말은 아니다. 영어 단어로 'hub'는 무언가의 중심지를 뜻하며 바퀴의 중간 부분을 뜻하기도 한다.

옥천 허브, 곤지암 허브 등 '허브'란 여러 지역에서 보낸 택배 상자를 한꺼번에 모아 놓는 '물류의 중심지'이다. 내 택배 하나만 생각하면 가까운 곳으로 보내는 택배는 다른 곳을 거치지 않고 바로 배달하는 게 빠르겠지만, 전국에서 보낸 택배를 빠르면 이튿날 각기 다른 곳으로 배송하는 거시적인 택배 시스템을 놓고 보면 그렇지 않다. 어떤 지역에서든 고속도로를 타고 올 수 있는 교통의 요지에 모두 모은 뒤 분류해서 한꺼번에 내보내는 게 빠르다.

이렇듯 여러 지역에서 발송한 택배를 한곳에 모아 분류한 뒤 각 지역으로 내보내는 시스템을 업계 용어로 '허브 앤드 스포크HUB and Spoke라고 한다. 이 시스템은 세계 최대 물류회사 페덱스의 창업자인 프레더릭 스미스가 고안한 시스템인데, 재미있는 일화가 있다.

때는 1965년, 도시에서 도시로 화물을 운송하는 '포인트 투 포인트Point to Point' 물류 시스템을 사용하던 시절이었다. 당시 예일대 경제학부 학생이었던 프레더릭 스미스는 한층 효율적인 방법이 있을 거라 생각했다. 그리고 물건을 한곳, 허브HUB에 모아 분류한 뒤 미국 전역으로 내보내면 24시간 안에 화물을 운송할 수 있을 거라는 아이디어를 떠올렸다. 이 아이디어가 결국 현재 택배 시스템의 시초가 되었으니, 단순해 보이지만 대단한 혁신이었다.

프레더릭 스미스는 이 내용을 담아 학기말 리포트를 제출한다. 그리고 놀랍게도 결코 좋은 점수라고 할 수 없는 C학점을 받았다. 담당 교수는 나와 거래한 할머니처럼 '가까운 지역에 배달하는데 멀리 있는 중간 터미널을 거쳐 가는 것은 비효율'이라 생각했다. 나는 이 교수 이야기를 알고 나서야 할머니를 이해하게 됐다. 예일대 경제학부 교수도 이러한데 택배를 이용해 본 경험이 없고 시스템도 모르는 할머니가 이해를 못 하는 건 당연한 일이었다.

다행히도 프레더릭 스미스는 C학점을 받았다는 이유로 자신의 아이디어를 포기하지 않았다. 지금도 쓰이고 있는 허브 앤드 스포크 시스템으로 발전시켜 석사 논문을 발표했다. 이는 훗날 전 세계 가장 큰 택배 및 물류 회사라고 불리는 페덱스의 창업 기반이 되었다.

그렇다면 '서브SUB'는 무엇일까?

배송 조회를 해 보면 허브 외에도 서브SUB라는 단어를 볼 수 있다. 서브는 지역 중계 터미널로 각 지역의 영업소에서 모은 택배가 허브로 향하기 전 1차로 모이는 곳이자 허브에서 분류된 택배가 고객에게 가기 전 들르는 곳이다. 한마디로 서브 터미널은 택배 기사의 근무처라고 보면 쉽다.

택배 기사는 아침에 서브 터미널로 출근해 허브에서 도착한 물건을 받아 들고 각 가정에 배송을 간다. 또한 퇴근할 때는 관할 구역의 편의점, 상점 등의 집화처에서 보내는 택배를 수거해 서브 터미널에 가져다 놓는다. 서브 터미널에서는 택배 기사가 가져온 물건을 커다란 11톤 차량에 가득 실어 곤지암, 옥천, 진천 등에 있는 허브 터미널로 보낸다. 이렇게 큰 차에 물건을 가득 실어 허브로 보내는 서브 터미널은 지역마다 있다. 어떤 지역은 한 지역에 여러 개의 서브 터미널이 있기도 하다. 그 수많은 서브 터미널에서 택배가 모이니 허브 터미널에는 매일같이 정말 많은 수량의 택배가 들고 난다.

허브에 도착하면 어느 지역에서 보낸 택배인지는 더 이상 중요하지 않다.

어디로 갈지 '받는 사람 주소'에 따라 택배 상자를 분류한다. 서울에서 보낸 택배도 대전에서 보낸 택배도 목적지가 똑같이 김해의 어느 동네라면 해당 구역의 서브 터미널로 함께 이동한다. 매끄럽게 진행되면 부산에서 서울로 보낸 택배도 바로 이튿날 받아 볼 수 있다. 하지만 만약 이 과정에 사고나 지체가 일어나면 택배 배송이 늦어진다.

어떤 때 그런 일이 일어나는지 자세히 살펴보자. 예를 들어 내가 편의점에서 택배를 하나 보냈다. 이때 주소를 잘못 기재하면 받아야 할 사람이 택배를 받지 못한다. 엉뚱한 곳으로 물건이 가고 받아야 할 사람은 택배를 받지 못한 채 '배송 완료'라는 문자 메시지를 받는다. 그럼 대부분 주소를 잘못 기입했다는 사실을 인지하지 못하고 '택배가 분실됐다'고 생각해 택배사에 연락한다. 접수되는 분실 신고 중 상당수는 이런 식으로 주소를 잘못 기입하고 보낸 경우이다.

그렇다면 주소를 제대로 기입했는데도 분실되거나 느리게 가는 택배는 왜 그럴까? 나는 택배를 보냈는데 택배 기사가 그날 사정이 있어 물건을 수거하지 않는다면 택배는 하루 늦어진다. 물건을 수거했다고 해도 기사가 이용하는 서브 터미널의 배차가 원활하지 않다면 그날 허브 터미널로 가는 차량에 택배를 싣지 못할 수도 있다.

배차가 원활하지 않은 이유에는 여러 가지가 있는데 그날 본사 직원이 필요한 차량 숫자를 예상하지 못하고 부족하게 불렀을 경우, 혹은 명절 등으로 물량이 폭발해서 실을 자리가 없는 경우다. 이런 때는 늦어지면 변질되는 물건들, 주로 '생물'로 분류되는 택배나 신선식품을 최우선으로 실어 보낸다.

또한 조그마한 물건 같은 경우 커다란 행낭 마대에 담아 트럭에 싣는데 그 과정에서 문제가 생길 수 있다. 서브 터미널에서 물건을 내리는 과정에 기사가 행낭 마대를 다

푼 줄 알았으나 물건이 마대 귀퉁이에 걸려 누락될 수도 있다. 그럼 당연히 다음 단계도 늦어진다.

물건이 무사히 허브 터미널에 도착했어도 배송이 늦어질 수 있다. 물건의 분류작업은 보통 레일에서 진행되는데 레일 아래로 물건이 떨어지는 일이 간혹 생긴다. 그걸 늦게 발견하면 그만큼 배송이 늦어지고, 발견하지 못하면 '○○허브 간선 하차' 상태에서 배송 진행이 멈추고 만다. 또한 서브 터미널에서와 마찬가지로 명절같이 물량이 폭발할 때는 간선 차량이 물건을 내리지 못하고 줄줄이 대기하는 상황이 벌어지기도 한다.

또한 스티커 접착력이 약해지는 겨울철에는 운송장이 택배에서 떨어지는 일이 간혹 있다. 그러면 운송장 없는 택배의 출처를 파악하느라 배송이 지연되고, 최악의 상황에는 분실로 처리된다. 이러한 여러 상태가 그 유명한 C사의 '옥뮤다 삼각지대', '곤뮤다 삼각지대'에 걸렸다고 말하는 상황에 해당된다. 하지만 택배사도 허브 터미널을 증축하고 자동화로 인력 부족이나 작업 속도를 개선하는 등 계속해서 노력을 하고 있다. 덕분에 예전보다는 분실이나 파손 사고가 현저히 감소했다. 여기까지 가까운 곳으로 보내는 택배도 허브를 거치는 이유와 택배 배송의 전반적인 과정, 택배가 늦어지는 이유를 알아보았다.

그러면 쿠팡이나 마켓컬리 등 하루 배송이 보장된 업체들엔 어떤 비밀이 있을까?

이 역시 허브에 답이 있다. 일반 택배는 개개인이 보내는 택배들이 서브에 먼저 모였다가 다시 허브로 이동해 분류 과정을 거친다. 하지만 하루 배송을 보장하는 업체들은 이 과정을 생략한다. 판매 물건들을 미리 허브에 입고해 놓고 고객이 주문하면 바로 보내기 때문이다. 즉 한꺼번에 모아 분류 후 내보내는 허브는 새벽 배송, 하루 배송 보장 업체에게도 꼭 필요한 존재다.

이렇게 다시금 허브의 역사와 기능을 살펴보니 허브란 우리를 불안하게 하는 버뮤다 삼각지대가 아니라, 지금의 빠른 택배 시스템을 있게 하는 고마운 존재라는 생각이 든다. 만약 앞으로 중고 거래를 하면서 위의 할머니 같은 분을 또 만나게 된다면 이번에는 왜 택배가 곤지암에 있는지 잘 설명 드리고 싶다.

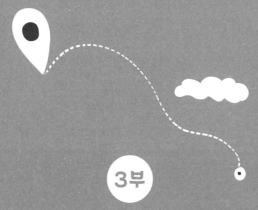

3부

택배 일을 더 잘하기 위해

고객은 칼퇴하는 택배 기사를
더 좋아한다

택배 일을 하기 전에 어쩌다 내가 주문한 물건의 배송 여부를 묻고자 택배 기사에게 전화를 하곤 했다. 그때마다 기사님은 건물의 주소와 호수만 듣고는 물건을 놔뒀는지 아닌지, 몇 시에 도착할지 즉각 대답했다. 늘 신기했는데 일을 해 보니 어떻게 가능한 일인지 알게 되었다.

매일 같은 구역을 도니 패턴이 보였다. 어느 건물 몇 호가 택배를 자주 시키는지, 물건을 받기 전 꼭 전화를 걸어 도착 시간을 물어보는 사람은 어디에서 택배를 받는 사람인지 며칠 되지 않아 대략 파악했다. 각 건물의 출입문 비밀번호도 한 달 만에 모두 외우게 되었다. 내 뇌의 어느 부분을 펼치면 담당 배달 구역의 지도가 새겨져 있을 것만 같았다.

단순한 배달 일이라고만 생각했는데 생각보다 '기억력'이 중요했다.

"물건을 못 찾겠어요."

매일 같은 자리에 물건을 놔두는데도 이런 전화를 받을 때가 있다. 이럴 때 물건을 놔둔 기억이 너무나 생생하다면 보통 내 실수로 다른 동의 같은 호에 물건을 놔둔 경우였고, 그렇지 않다면 오늘 배달된다는 배달 '예정' 문자를 배달 '완료' 문자로 고객이 착각한 경우였다.

"아, 지금 다시 보니 있네요. 찾았어요."

황당하게도 뻔히 눈앞에 있는 택배를 못 보고 전화부터 하는 고객도 가끔 있었다. 이럴 때는 배달 완료 때 찍어둔 사진을 보내 주는 방법이 가장 좋았다. 그런데 사진을 찍기 힘들 때도 있다. 대학교 기숙사는 그 건물에 온 택배를 모두 모아 1층에 쌓아 뒀는데 이때가 문제였다. 몇십 개의 택배를 하나하나 찍기 힘들어 그냥 넘어가기 시작했는데 어느 순간 문제가 일어났다.

"분명히 배달 완료라고 문자 받았는데 못 찾겠어요."

간혹 기숙사에 사는 학생에게 이런 문의를 받을 때마다 식은땀이 났다. 이럴 때는 보통 조금 더 확인하다 결국 찾았다고 하는 경우가 많았다. 하지만 이런 문의가 하루하루 쌓이다 보니 스트레스를 받았다.

특히 한 학생이 기억에 남는다. 처음에는 그냥 그런가 보다 했는데 나중에는 고의인가 생각이 들 정도로 전화를 반복했다. "택배가 없어요"라는 전화 때문에 이틀을 속 끓였는데 택배를 받은 뒤 스스로 반품했다는 사실을 잊어버렸던 것이었다. 이 일로 시작해 나중에는 "택배가 없어요", "아까 찾아 봤는데 없었어요", "앞에 다 봤는데 없어요", "도둑이 든 것 같아요"라고 말하다가 마지막은 항상 이렇게 끝났다.

"아, 여기 있네요. 죄송해요."

처음에는 조금 의아했고 바빠 죽겠는데 조금만 더 성의 있게 찾아 보고 전화하면 얼마나 좋을까 싶었다. 하지만 학생들이 택배를 못 찾는 이유도 분명 있을 터였다. 고객을 위해서도 나를 위해서도 뭔가 해결책을 찾아야겠다고 생각했다. 그렇다고 학생들이 지나다니는 기숙사 로비에서 수십 개의 택배를 펼쳐 놓고 하나하나 사진을 찍고 있을 수는 없었다.

나중에 누가 물어보면 배달 일을 하다 그 사진을 또 찾아 줘야 한다. 내가 아무리 몇 호에서 어떤 택배를 시켰는지 기억하고 있다 해도, 매일 쌓여 가는 수천 장의 사진 속에서 그 택배를 찾는 일은 고역이었다. 생각해 보면 사진을 하나하나 찍는 방법도 업무 효율을 높이기 위한 전임자만의 노하우였을 것이다.

전임자에게는 가장 많은 물량을 차지하는 기숙사 택배를 보다 쉽게 처리하기 위한 나름의 업무 루틴이 있었다.

우선 터미널에서 택배를 분류하고 차에 싣는 작업을 할 때부터 기숙사에 배달할 택배는 커다란 박스(이삿짐 박스 같이 생긴, 펼치면 바닥이 자동으로 조립되는 커다란 AB형 자동박스)에 따로 챙겨 둔다. 여기에 또 하나의 팁이 있다. 박스에 분류해 넣기 전에 수령인의 이름을 매직으로 커다랗

118

게 써 둔다. 이름 중간은 개인 정보 보호를 위해 생략하고 김*우 이런 식이다. 이렇게 하면 운송장의 작은 글씨를 보지 않아도 본인의 택배를 바로 알아볼 수 있다.

그렇게 이름을 커다랗게 쓴 택배들을 한 박스에 넣고, 첫 번째 배달지인 기숙사에서 꺼내기 쉽게 가장 마지막에 실으면 기숙사 택배 배달을 위한 준비가 완료된다. 여기까지만 해도 번거로울 수 있는 많은 일이 해결이 된다.

내 경우엔 비닐팩에 들어 있는 의류 택배는 커다란 비닐에 따로 넣고 상자로 포장된 택배만 AB형 자동박스에 넣었다. 그리고 1층에 한꺼번에 놔둘 때도 비닐팩 택배는 커다란 테이블 위에, 상자 택배는 바닥에 두었다. 그렇게만 해도 큰 문제는 없었다. 본인의 택배를 찾지 못해 전화까지 하는 사람은 일주일에 세 명도 안 됐다.

"휴게실 1층 바닥에 항상 모아 둡니다. 다시 한 번만 찾아 보시고 그래도 없으면 연락 주세요."

대개 한 번 더 뒤져 보고는 자기 택배를 찾아냈다. 그런데 어느 날 한 학생이 아무리 찾아도 택배가 안 보인다고 두 번째 전화를 걸었다. 나는 배달을 멈추고 다시 기숙사로 가 직접 그 학생의 택배를 찾아 주었다. 시간이 곧 돈인 택배 기사에게 일을 멈추고 되돌아가 시간을 쓰는 건 엄청난 손실이다. 그 후로 기숙사 배달을 마치고 다음 배달지로 갈 때마다 혹시나 오늘도 전화가 오지는 않을지 조마조마했다.

마음이 불편했다. 괜한 불안 때문에 하루의 일을 기분 좋게 해낼 수 없었다.

어차피 매일 같은 일을 하는데, 이런 찜찜한 기분으로 하루를 보내야 한다니. 실제로 일어나는 손실보다 마음이 불편한 게 내게는 더 큰 손해였다. 전임자처럼 택배를 하나하나 다 찍어둬야 하나?

그러던 어느 날, 터미널에서 택배 분류를 하며 습관처럼 기숙사 택배에 수령인 이름을 매직으로 크게 쓰다가 문득 이런 생각이 들었다.

'모여 있는 택배를 한꺼번에 찍어 두면 되잖아?'

사진을 조금만 확대해도 크게 쓴 이름은 확인 가능하다. 만약 학생이 택배 위치를 물어보면 사진에 동그라미를 쳐서 보내 주면 되니 내가 직접 가지 않아도 된다. 요즘 스마트폰은 기본 사진 편집 기능만 써도 형광펜이나 빨간펜으로 그림도 그리고 글씨를 쓸 수 있으니 번거롭지 않다. 사실 나도 머리로만 알고 있고 써 본 적은 없던 기능이라 아이디어가 떠오른 뒤 시험 삼아 해 보았더니 정말 간단했다.

더 고민하지 않고 그날부터 바로 택배를 모아 두고 사진을 찍기 시작했다. 비닐류는 책상, 박스는 바닥에 두고 여러 각도에서 모든 택배가 한 번씩은 다 나오게 사진을 찍었다. 그렇게 해도 사진은 겨우 세 장에서 다섯 장 정도였다.

그날 하루 얼마나 마음이 편했는지 모른다. 택배를 찾는 전화가 오든 말든, 사진을 가지고 있다는 사실 만으로도 든든했다. 실제로 전화가 왔을 때는 사진에 동그라미를 쳐서 보내 주니 나도 편하고 학생들도 편했다. 하나하나 다 찍으면 쉰 장인데 많아 봤자 다섯 장으로 이렇게 마음이 편해지다니.

별것 아닌 작은 변화였지만 나만의 요령을 찾고 실행하니 '내 일'이라는 생각이 들어 더 애착이 갔다.

그 이후 나에게는 버릇이 생겼다. '어떻게 하면 일을 더 편하게 할 수 있을까?' 매일매일 이런 고민을 하게 된 것이다. 고객과 나 모두에게 이득이 되도록 일을 더 편하게 할 수는 없을까? 택배 기사에게 '일이 더 편해진다'라는 것은 보다 적은 시간에 더 많은 택배를 분실사고 없이 정확하게 배달한다는 뜻이다.

이러면 나도 들이는 공에 비해 돈을 더 많이 벌 수 있으니 좋고, 고객 입장에서도 더할 나위 없이 좋다. 왜냐하면 사람들이 택배에 바라는 것은 딱 한 가지이기 때문이다. 그건 바로 파손이나 분실 없이 택배를 온전한 상태로 한 시간이라도 더 빨리 받는 것.

어제 주문한 옷을 다음 날 잠들기 전에 받는 건 아무 소용이 없다. 최소한 저녁 무렵에는 받아야 입고 밥이나 술 약속에 나간다. 그러니 업무를 단순화해 내 일을 빨리 마치면 마칠수록 고객 만족도도 더 높아진다.

'최소한 내 구역의 고객들은 저녁 식사 전에 택배를 받게 해야겠다!'
그렇게 결심하니 매일 같은 일을 해도 지루하지 않았다.

택배 기사가 대학 총장실 문을
두드린 뒤 벌어진 일

　기숙사 학생이 1층에 배송해 둔 물건들 속에서 자기 물건을 찾지 못할 때의 문제는 한꺼번에 모아 사진을 찍는 방법으로 해결했다. 그러나 누군가 물건을 잘못 가져가거나 훔쳐서 사라졌다면 가져간 사람이 도로 갖다 놓지 않는 한 찾을 길이 없었다. 문제는 기숙사에 CCTV가 없다는 사실이었다. 일을 하면서 종종 이런 상상을 했다.

　만약 기숙사 건물 1층 휴게실에 CCTV가 있고 그 앞에 모든 택배를 둘 수 있다면 어떨까?

간혹 학생들이 잘못 가져가는 택배도 확인하고 빠르게 찾아 줄 수 있을 뿐 아니라, 도난 예방 효과도 있을 터였다. 무엇보다 휴게실에 CCTV가 생기면 학생들 안전에도 도움이 되지 않을까? 애초에 다른 건물에는 다 있는 CCTV가 학생들이 가장 안전해야 할 기숙사에만 없다는 점도 조금 이상했다. 한번 CCTV 설치를 건의해 볼까? 가끔 이런 생각이 떠올랐지만 그날그날 당장의 배달을 처리하기 급급해 한동안은 상상에 머물렀다. 그러다 분실 사건을 한 번 겪었다.

"아무리 찾아 봐도 없는데 어떡하죠?"

전화한 학생의 애타는 목소리에 나도 마음이 불안해졌다. 급한 건만 처리하고 바로 기숙사로 달려갔는데 정말 내가 두었던 자리에 택배가 보이지 않았다. '분실된 것 같다'는 전화를 받고 달려간 적은 많지만 진짜 물건이 분실되는 일은 없었는데, 이번에는 내가 직접 가서 봐도 찾을 수 없었다.

내가 아무리 1층에 택배를 제대로 배송했다 한들 없어진 물건에 대한 책임까지 없어지지는 않는다. 고객의 탄식에 마음이 아파 왔다. 지금 당장 고객에게 해 줄 수 있는 일이라고는 물건 구입비를 물어주는 방법뿐이었다. 마치 물건이 사라지리라는 사실을 미리 알기라도 한 듯 그날 대학신문에 '택배 분실 사건'을 다룬 비판 기사가 났다. 택배를 쌓아 두는데 경비 아저씨가 이리 좀 와서 보라면서 기사를 보여 주셨다.

"분실 사건이 많아서 요즘 택배 문제 많다고 학생들이 기사까지 썼어요. 앞으로 분실 안 되게 조심 좀 해 줘요."

그렇지 않아도 택배 하나가 없어졌다는 사실에 마음이 불편했던 차에 그런 기사까지 보게 되니 마음이 몇 배는 더 불편했다. 그 대학교에는 같은 택배사에서 두 명의 동료 택배 기사가 더 배송을 하고 다른 여러 택배사도 들어온다. 그동안 어딘가에서 분실 사건이 발생했는데 내 담당 구역에서까지 분실 사고가 생겼으니 일이 커지는 것 같아 등에서 식은땀이 나기 시작했다.

내게는 분실한 물건을 놓아둔 기억이 선명하게 남아 있었다. 차라리 기억에 확신이 없고 내가 잃어버린 게 분명하다면 마음이 그렇게 불편하지는 않았을 것 같다. 나는 내 일을 제대로 했으나 결국 고객에게 불편한 일이 일어났다. 내 선에서 문제를 해결하고 통제할 수 없다는 사실에 너무나 마음이 안 좋았다.

다행히도 다음 날 없어진 택배를 찾았다는 학생의 전화를 받았다. 누군가 착각하고 가져갔다가 돌려놓은 모양이었다. 하루 동안 마음을 졸였던 나는 안도가 되면서도 조금 억울했다. 기숙사에 CCTV가 있었다면 고객도 나도 불안에 떨 일이 없었을 것이다. 눈앞의 문제는 해결됐지만 기왕 바꾸겠다고 결심했으니 부딪쳐 보기로 했다. 그러나 결정권자가 누구인지도 몰랐다.

"기숙사에 CCTV를 설치해 달라고 건의하려면 누구를 찾아가야 해요?"

처음 찾아간 곳은 가장 접근이 쉬운 기숙사감과 경비 아저씨였다.

"글쎄요. 우리는 권한이 없는데."

돌아온 것은 무관심한 반응.

"일단 총괄하는 게 총무과니까 거기 얘기해 보든지요. 아님 뭐 총장님이라도 찾아가시든가."

반 농담으로 덧붙인 경비 아저씨의 말에서 나는 힌트를 얻었다.

'그래. 총장님께 직접 말씀드려 보자.'

안녕하세요, 총장님.

○○구와 ○○대를 담당하고 있는 ○○택배사 김희우 기사입니다. ○○대 기숙사를 관리하는 사감과 경비 요원께서는 이 문제에 대해 권한이 없다고 해, 여러모로 알아보다 주제넘지만 하는 수 없이 총장님에게 감히 이 글을 올립니다.

다름이 아니라 어제 ○○대 신문을 보고 택배 도난 문제에 대한 해결책이 필요하다고 생각했습니다. 이번 연도에만 기숙사에서 택배 분실 사고가 4건이나 발생했다고 들었습니다. 계속 분실 사고가 일어난다면 학생들도 기사들도 마음이 아프고 신뢰가 깨지게 됩니다. 기우일 수 있지만 분실 문제를 해결하지 못하면 남의 택배를 가져가도 별일 없다고 생각하는 사람이 생길 수 있고, 외부에서 절도를 위해 기숙사로 들어올지도 모른다는 우려도 듭니다. 그래서 총장님께 간곡히 부탁드립니다. 기숙사 1층 휴게실에 CCTV를 설치해 주시길 바랍니다. CCTV를 좌우로 하나씩 설치하여 2~4대만 있어도 범죄 발생이 가능한 환경을 개선하고, 휴게실을 서로 신뢰할 수 있는 공간으로 만들 수 있다고 생각합니다. CCTV가 절도와 범죄를 예방한다는 논문도 많이 발표되어 있습니다.

기숙사 휴게실이 교육 환경적으로도, 편안한 휴식 시설로서도 학생들이 믿고 안심할 수 있는 공간이 되길 바랍니다. 부디 한 사람의 소중한 물건도 사라지지 않고 속상한 일이 발생하지 않길 바라는 마음에서 ○○대 출입 택배 기사 대표로 총장님께 이 글을 올립니다. 읽어 주셔서 감사합니다.

○○대학교 택배 기사 대표 김희우 올림

나는 편지를 들고 총장비서실을 찾아갔다. 마침 비서실장님이 계셔서 사정을 이야기할 수 있었다.

"편지는 내가 잘 전달하겠네."

그 편지가 정말 잘 전달이 되었는지는 알 수 없지만 며칠 후 기숙사에 CCTV가 설치되었다는 말을 경비 아저씨에게 들을 수 있었다. 그리고 분실 사건은 없어졌다. 그야말로 분실률 0퍼센트를 이끈 변화였다. 게다가 택배를 못 찾겠다는 전화조차 사라졌다. CCTV 설치 후 학생들에게 '누군가 내 물건을 가져가고 싶어도 가져가지 못한다'는 믿음과 함께 물건이 당장 보이지 않아도 찬찬히 찾아 볼 여유가 생긴 것 같아 기뻤다.

4시간 일하고
500만 원을 버는 택배 기사

　때는 매일 코로나19 확진자 수를 확인하고 헛기침만 해도 의심의 눈초리를 받던 2021년이었다. 내 입으로 말하긴 좀 그렇지만 택배 기사인 나는 하루에 12만 제곱미터의 좁지 않은 구역 이곳저곳을 돌아다니며 외부에서 각종 이물질과 세균을 묻혀 오는 위험 인물이었다.

　기숙사는 코로나19 예방을 위해 외부인의 출입을 통제해 1층에 한꺼번에 택배를 놔두면 되었지만, 다른 건물은 강의실이나 연구실 문 앞까지 택배를 갖다주어야만 했다. 그런데 어느 순간 전국에서 택배 기사인 코로나19 확진자가 하나둘 나타나기 시작했다. 엘리베이터도 여러 사람과 같이 타고 대학교 층층마다 구역 구역을 돌아다니며 배송하는 일이 서로에게 결코 좋은 일이 아니라는 생각이 들었다.

내 입장에서 코로나19에 감염되면 택배 일을 쉬어야 하니 생계에 치명적인 위협으로 느껴졌다. 고객 입장에서도 그랬다.

여럿이 드나드는 학교 특성상 확진자가 생기면 건물을 쓰는 사람들 전부가 위험해질 터였다. 학생들은 코로나19로 고통받고, 학교는 학교대로 관리 미흡이라는 오명에 시달릴 게 뻔했다.

"모두의 안전을 위해 제안 드립니다. 대학 내 다른 건물도 기숙사처럼 1층 배송을 시행하는 게 어떨까요?"

나는 각 건물의 경비 아저씨와 경비 대장님, 그리고 총무과를 드나들며 몇 번이나 미팅을 했다. 다행히 대면 배송도 전부 비대면 배송으로 바뀌어 버린 코로나19 시국이라 대학 관계자들은 이 제안을 곧바로 받아들였다. 그렇게 일은 일사천리로 진행되었다. 대학교 건물마다 택배를 놓을 위치를 새로 정하거나 층별로 구분해 놓은 택배 보관함을 설치해 모든 건물에 1층 배송을 하게 되었다.

'택배 문 앞 및 요청 장소 배송 완료'라는 통일된 자동 메시지를 지우고, 각 건물 이름을 넣어 '○○ 건물 1층 택배입니다'라는 자동 메시지를 새로 입력한 뒤 떨리는 마음으로 배송을 시작했다. 하지만 직접 들기 무거운 택배만큼은 코로나19 감염 우려를 뒤로하고 고객에게 선택권을 주었다. 그럴 때는 미리 전화를 해서 1층에 놔둘지, 아니면 연구실 앞에 놔둘지 확인하고 요청대로 배송했다.

처음에는 고객 불만이 많아지지 않을까 걱정도 되었다. 다행히 접수된 불만은 한 달 동안 단 두 건이었다. 그 두 고객도 감염 예방이라는 특수한 상황을 설명하니 선뜻 이해해 주었다. 1층 택배 배송은 별일 없이 순탄히 진행되었다. 게다가 예상하지 못했던 다른 효과도 생겼다.

택배를 못 찾겠다거나 언제 배송이 되냐는 문의 전화가 대학교에서 완전히 사라졌다.

문의 전화가 사라진 첫 번째 이유는 모든 건물 1층에 CCTV가 이미 설치되어 있었기 때문이다. 택배를 경비 아저씨와 CCTV 시야 안 1층 택배 구역에 배송하면서 분실률이 현저히 낮아졌다. 기숙사에 CCTV를 설치한 뒤 분실 신고 전화가 확 줄어든 일과 같은 원리였다.

두 번째 이유는 더 빨라진 배달 속도 덕분이었다. 나는 담당 구역 중 대학교를 첫 번째 순서로 정하고, 터미널에서 대학교로 출발하기 전 고객에게 배송 출발 문자를 보냈다. 1층 배송 이후에는 1시간 안에 대학교 배송을 마무리할 수 있게 되었다. 대학교 안에 배송할 택배가 15개든 150개든 모두 건물 1층에 물건을 내려놓으니 매일 각 건물에 가는 시간이 일정해졌다. 늦어도 오후 2시 안에 대학교 택배 배송을 마쳤다. 고객 입장에서는 이전과 비교할 수 없이 이른 시간에 택배를 받고 예측도 가능해졌다.

그때부터 놀라울 정도로 일이 수월해졌다.

기본 배송 시간도 줄고, 문의 전화도 없어지니 다시 가서 택배를 찾아 주거나 하는 부가 업무도 사라졌다. 내 구역은 배송에만 매일 5~7시간이 걸리는 결코 쉽지 않은 구역이었다. 그런데 하루에 3~5시간이면 업무가 끝나는 '꿀구역'이 되어 버렸다. 단언컨대 만약 내 구역이 처음부터 이런 구역이었다면 그 누구도 자리를 쉽게 넘겨 주지 않았을 것이다.

분류 작업을 제외하면 하루 평균 4시간만 일하면서 500~600만 원을 벌었다. 생활은 편했지만 매일이 똑같았다. 통장 잔고는 불어나는데 내 불안도 그만큼 커져 갔다.

이러다 이 자리에서 철퍼덕 안주하게 될 것만 같았다. 택배 일이 나쁜 일이어서가 아니었다. 너무 좋은 일이라 그랬다. 내 노력으로 그렇게 만든 일이기는 하지만 업무 시간도 짧고, 개인사업자라 다른 사람들과 부딪힐 일이 없어 자유로웠다.

12만 제곱미터의 큰 구역이었지만 매일매일 돌다 보니 몇 개월 지나서는 일이 익숙해져 너무 쉽게 느껴졌다. '처음에 생각했던 기간보다 이 일을 더 오래 하게 되지는 않을까? 어쩌면 나는 여러 집배점을 운영하는 택배소장이 될 운명일지 몰라' 이런 생각을 하게 되었다.

일에 여유가 생기자 힘들고 정신없을 때는 보이지 않던 광경들이 눈에 들어오기도 했다. 이를테면 전공서를 들고 바쁘게 돌아다니는 대학생들의 모습 같은 것이었다. 저 학생들에게는 얼마나 많은 기회가 있을까?

내게 책임져야 할 가족이 있었다면, 아니면 짐 자무쉬

감독의 영화 〈패터슨〉의 주인공처럼 육체노동과 예술 활동을 병행하며 누가 알아주지 않더라도 내 영혼을 보살펴 나갈 수 있었다면, 하다못해 게임이라든지 등산 같은 취미생활에 푹 빠져 있었더라면 마음가짐이 달랐을지도 모른다. 하지만 나는 내가 평생 하고 싶은 일을 다 시도해 보지 않은 상태였다.

나중에는 목표했던 1억 원이라는 숫자와 내 통장 잔고의 간극이 좁아질수록 지금 이 일을 그만둘 적기가 아닌가라는 생각이 자꾸 꿈틀댔다.

그동안 거쳐 온 수많은 일을 떠올려 보았다. 택배도 고소득 직종이지만 그런 택배와 비교할 수도 없을 정도로 큰돈을 벌었던 가상자산 마케팅도 있었고, 돈을 꽤 벌면서 어린 나이에 대표님 소리 듣던 광고회사 운영도 있었다. 하지만 그 일을 내가 정말 즐기며 했었나? 결코 아니었다. 택배 일을 하기 전 아는 대표님에게 월 400만 원을 줄 테니 회사에 마케터로 들어와 일해 달라는 제의도 받았다. 그때는 심신이 지친 상태라 거절했다.

어느 정도 내 구역을 좋은 자리로 만들고 보니 이제 되었다는 생각도 들고 다른 사람에게 자리를 물려주고 또 다른 일을 하고 싶다는 생각이 들었다. 자극이 필요했다. 일종의 방랑벽 습관이 고개를 들었다. 그렇다. 본래 내가 자주 하던 질문을 다시 시작했다.

'내가 정말 하고 싶었던 일은 뭐였지?'

머리를 싸매고 기억들을 헤집다 보니 반짝하고 내 머릿속을 관통하는 한 장면이 있었다. 말레이시아의 어느 작은 마을에서 갓 완성된 건물을 살펴보고 있는 이십 대 중반의 내 모습이었다. 그때 나는 광고회사 일을 하면서, 봉사 단체를 운영했다. 안타깝게도 나중에 후임자를 구하는 과정에서 순수한 봉사가 아닌 정치활동에 봉사 단체를 이용하려는 목적의 사람들이 있어 애를 먹었지만, 그전까지는 진심으로 좋았다.

봉사 단체 일은 돈을 버는 일이 아니라 오히려 내 돈과 시간을 쓰는 일이었지만 나는 그 일을 사랑했다. 사람들에게 도움이 되는 일, 내가 행복한 일, 진심을 다해 할 수 있는 일을 다시 하고 싶었다. 이런 생각을 하며 내 인생의 다음 단계를 위한 준비를 차근차근 해 나가기로 했다.

택배 기사를 하려면 필요한
자금 총정리!

택배는 분명 돈이 된다. 또 처음에 필요한 자금도 제법 된다. 나처럼 뭣도 모르고 막 뛰어들었다가는 낭패를 볼 수도 있다. 나는 가장 큰 비중을 차지하는 화물차 구입비는 다행히 어머니께 빌릴 수 있었지만, 그 외의 자잘한 지출과 투자는 넉 달간 아르바이트해서 번 돈으로 충당해야 했다. 택배를 하고자 마음먹었을 때 준비가 필요한, 돈 들어가는 부분은 쉽게 찾아볼 수가 없었다. 내가 초기에 사용한 비용을 세세하게 한 번 정리해 보았다. 도움이 되었으면 한다.

첫 번째로 가장 중요한 화물차에 들어간 비용이다. 당연히 제일 많은 돈을 썼다. 중고차 구입비에 보조 물품 구입과 설치, 정비 등을 포함해 1,061만 6,600원이 들었다. 자세한 내역은 아래와 같다.

중고차 구입(취득세, 등록세 등 포함)	9,730,000원
라이닝 교환	70,000원
엔진오일 교환	65,000원
후방 번호판 미등 교체	5,000원
에어컨 필터 교체	20,000원
핸드브레이크 조정	20,000원
발판 용접	50,000원
판 스프링, 코일 스프링 설치	195,900원
뒷타이어 2개	120,000원
앞타이어 1개	95,000원
휠 얼라인먼트	40,000원
블랙박스 설치	130,000원
하이패스 설치	80,000원
보조 미러 구입	12,700원
자동차 열쇠 복사	3,000원

이것도 예전에 자가용을 몰 때부터 자주 이용하던 단골 정비소에 맡겼기 때문에 싸게 한 편이었다. 부품 가격과 설치비, 수리비는 달라질 수 있으니 참고용으로만 보면 된다. 차량 상태에 따라 금액은 다르지만 중고차는 구입비 외에도 자잘하게 비용이 발생한다는 점을 기억하면 좋겠다. 나는 정말 돈이 없어 한 푼이라도 아껴야 했고, 평소에도 꼼꼼하게 가계부를 쓰기에 큰 지출은 물론 자잘하게 들어간 돈도 기록해 두었다.

다음은 차량 외의 부분에 들어간 돈이다. 사무실에 출근하는 일을 하더라도 펜이나 노트, 방석 등 크고 작게 필요한 물건을 구입한다. 택배 일을 할 때도 당연히 필요한 물건들이 있는데 개인사업자라 직접 구매해야 한다. 여기에도 총 61만 5,000원이 들었다.

보조배터리	9,000원
골전도 이어폰	150,000원
운송장 바코드 스캐너	100,000원
차량용 공기청정기	100,000원
택배사 조끼	20,000원
접이식 손수레	41,800원

장갑	5,000원
주차번호판	2,000원
핸드폰 거치대	5,000원
선 정리 홀더	1,000원
차량 방향제	3,000원
케이블 타이	1,000원
유성매직 10개	5,600원
무릎 보호대	21,000원
통풍시트	54,000원
반팔 티셔츠 2장	18,000원
작업복	50,000원
아쿠아슈즈	28,600원

'이런 물건까지 구매한다고?' 하고 의아한 물품도 있을 지 모르겠다. 부가 설명을 덧붙이자면 유성매직은 택배에 주소나 받는 이의 이름을 크게 쓸 때 필요하다. 나는 기숙 사에 배달했을 때 고객이 쉽게 찾도록 이름을 크게 쓰는 데 사용했지만, 나이가 많으신 택배 기사님은 본인이 배 달할 때 주소를 보기 편하도록 매직으로 크게 적었다. 여 러모로 택배 기사에겐 필수품이다.

택배사 조끼도 개인사업자니 직접 구매하는 물품이다. 그런데 구매할 수 있는 시기가 1년에 두 번뿐이라 그때를 놓치면 한참을 기다려야 한다. 나처럼 그 시기를 놓치고 일을 시작하는 사람은 중고로 구해서 입어야 하는데 구하기가 쉽지 않다. 당근 마켓 등 중고시장에 간혹 올라오는 일도 있지만 흔치 않고 택배 기사 카페를 잘 뒤지면 구할 수 있을지 모른다.

솔직히 이렇게 돈이 많이 들 줄 몰랐다. 처음부터 알았다면 택배 기사를 시작하지 않았을지도 모른다는 생각을 했던 적이 있다. 하지만 중고차 비용만 1,000만 원 가까이 빌렸고 필요한 물건들을 사 모았으니 일이 아무리 힘들어도 목표한 돈을 벌 때까지 그만둘 수가 없다는 장점은 있었다. 생수 배송을 어찌어찌 버티고 택배로 이직을 하고 결국 원하던 만큼의 돈을 벌 수 있었던 데는 부담스러운 초기 투자 비용의 압박에서 비롯된 절박함이 한몫했다.

월 600만 원 버는 택배 기사?
실수령액은 다르다!

'유리지갑'이라는 말이 있다. 수입이 투명하게 보이는 봉급생활자를 뜻하는 말인데 요즘은 '세금을 많이 떼여 실수령액이 적은 직장인의 급여'라는 의미로 더 많이 쓰인다. 회사를 만들어 본 적은 있어도 다녀 본 적은 많지 않다 보니 이 말이 피부에 훅 와닿지는 않았었다.

택배 일을 시작하고 월급에서 세금을 빼면 실수령액이 확 적어지는 직장인의 심정을 조금이나마 이해하게 됐다.

식당 매출이 1억이라고 1억이 고스란히 순수익으로 남는 게 아니듯 택배 기사도 매달 통장에 들어오는 돈에서 세금과 기타 비용을 뺀 돈이 비로소 진짜 수입이라고 할 수 있다.

택배 기사는 개인사업자이기에 부가세를 신고해야 한다. 일반과세자 기준으로 6개월에 한 번씩 벌었던 돈의 10퍼센트를 납부한다. (이해의 편의를 돕기 위해 매입 세액 공제는 일단 빼고 기술하려고 한다.) 그런데 일반과세인지 간이과세인지에 따라 부가세 계산에 차이가 있다.

2021년에는 부가세법이 개정돼 연 8,000만 원 미만의 사업자들은 간이과세로 분류되었고 2024년 7월부터는 1억 400만 원으로 기준이 상향된다고 정부에서 발표했다. 간이과세자는 매출의 1.5~4퍼센트를 세율로 적용해 1년에 한 번 부가가치세를 신고하면 된다. 2024년 4월 기준으로 매출 4,800만 원 미만은 납부 의무가 면제되고 그 이상은 세금을 납부한다. 나는 2020년도에 매출이 없어 부가세 신고를 하지 않았는데 이 이유로 2021년도에 간이과세자 변경이 불가능했다. 매출 증빙이 안 되었기 때문이다.

2021년도 전까지는 그 기준이 4,800만 원이라 대부분의 택배 기사들은 6개월에 한 번씩 매출의 10퍼센트에 해당하는 목돈을 고스란히 세금으로 토해내야 했다. 월수입이 500만 원이라치면, 연 수입은 6,000만 원, 부가세를 일 년에 두 번 내니 부가세가 한 번 빠져나갈 때마다 300만 원 정도 빠져나가는 셈이다.

거기에다 매일 차로 배달을 하니 유류비도 만만치 않다. 내 경우 유가보조금까지 계산했을 때 한 달에 30만 원 정도 들었다. 일할 때 차를 많이 쓰는 외근직 직장인이라면 보통 회사에서 유류비를 지원해 주니 사실 직장인과 비교하는 건 별 의미가 없다. 분명한 사실은 택배 기사에게 유류비는 자영업자의 월세나 전기세처럼 수익 계산 시 빼야 하는 지출이라는 점이다.

참고로 영업용으로 등록된 차량이라면 화물복지카드를 신청할 수 있고 이 카드가 있으면 유가보조금을 지원받는다. 나는 6만 원을 주유하면 7,500원 정도의 보조금을 받았는데, 카드 결제일에 보조금을 차감한 나머지 금액만 결제된다.

이것저것 다 빼면 이건 유리지갑을 넘어서 공기지갑이 아닐까? 문득 그런 생각이 들어 내 월 평균 처리 물량인 배송 7,000개와 집화 1,000개를 기준으로 통장에 찍히는 돈에서 고정 비용을 뺀 '진짜 월급'을 단순 계산해 보았다.

총매출에서 집배점 수수료(배달 수수료와 집화 수수료를 더한 값인데 각 수수료는 집배점마다 다르다)를 차감하면 통장에 570만 원이 찍힌다.

여기 반년에 한 번씩 내지만 일반과세자 부가세 10퍼센트 57만 원도 매월 빼 둔다. 그리고 유류비 30만 원과 차량 고장을 대비해 유지비 10만 원을 책정한다. 차에 들어가는 돈은 40만 원만 해도 많은데 이게 끝이 아니다. 영업용 차량 보험비도 계산해야 한다. 나는 나이도 어리고 그동안 거의 가족 명의 보험을 썼기 때문에 보험상 운전 경력이 적어 1년에 294만 8,000원이나 나간다. 이를 12개월로 나누면 25만 원 정도다.

그리고 그런 일은 잘 없지만 물건 파손과 분실에 대비해 10만 원 정도 예비비를 책정해야 한다. 언제 값비싼 물건을 잃어버릴지 알 수 없으니 당장 분실 사고가 없어도 매달 10만 원씩 보험 들듯이 따로 빼 모아 두었다. 이것만 해도 벌써 132만 원이 빠진다. 여기에 1년에 한 번 내는 종합소득세와 매달 나가는 통신비, 택배사 애플리케이션 이용비 같은 잡다한 비용은 고려하지 않는다 해도 남는 돈은 438만 원이다(간이과세자였다면 대략 477만 9,000원이다.).

직장인 연봉별 실수령액 도표와 비교해 보면 이는 연봉 6,300만 원인 직장인이 매달 받는 월급과 같다. 이들의 세전 월급은 525만 원이다. 비용 차감 전 내 월급이 570이니, 계산해 보면 직장인보다 훨씬 더 많은 금액을 떼이고 있었다. 만약 택배를 시작하려 하는 분들이 계시다면 이런 점을 염두하고 가능하면 간이과세 적용을 받기 바란다.

택배 사업자는 세금 신고가 비교적 간단하지만
'매입 세액 공제'에 대해서는 반드시 알아야 한다.

부가세를 적게 내기 위해서는 매입 세액 공제를 많이 받을수록 유리하다. 매입 세액 공제란 부가세 납부 세액을 계산할 때 사업과 관련해 지출한 매입 세액(매입 금액의 10퍼센트) 부분은 공제해 주는 것을 의미한다. 택배 사업자는 사업용 차량을 구입했을 때나 주유비, 차량 수리비, 차량 관련 비용, 작업 도구 구입비, 통신비 등에서 매입 세액 공제를 받을 수 있다.

여기서 알아 두면 좋은 점은 사업자 등록 전 구입한 차량이라 할지라도 업무에 사용한다면 비용으로 처리할 수 있다는 사실이다. 세금계산서를 받지 못했더라도 방법은 있다. 취득 내역을 증빙할 수 있는 계약서와 금융 거래 내역을 구비해 두면 된다.

택배를 처음 시작하는 단계에서는 중고차를 사고 간이과세자로 시작하는 편이 좋다고 생각한다. 초기에 이 일이 맞는지 테스트하는 단계이고 시행착오도 많을 테니 초기 비용과 세금을 최대한 줄여야 부담이 덜하다. 그러려면 무조건 부가가치세 신고와 납부 부담이 일반과세자에 비해 훨씬 적은 간이과세자로 시작해야 한다. 단, 초기에 새 차를 사거나 매입 금액이 큰 경우에는 간이과세자가 불리할 수도 있으니 세무사와 상담해 보길 권한다. 매출세액보다 매입세액이 많으면 일반과세자는 부가세 환급을 받을 수 있는데, 간이과세자는 환급받지 못한다.

일반과세자로 신청하고 연환산 매출이 간이과세 기준 금액 미만이면 다음 해에 간이과세자로 전환이 가능하다. 그런데 이때 간이과세자로 전환을 포기하고 일반과세자를 유지하면 그 후 3년간은 매출이 기준액 이하여도 간이과세 재적용이 어렵다. 자신의 상황에 맞는 방법을 찾기 위해 공부해 둘 필요가 있다.

마지막으로 알아 두고 챙기면 좋은 카드 사용법도 있다. 사업자는 지출 증빙을 꼼꼼하게 챙겨야 한다. 들어오는 돈은 투명한데 부가세를 신고할 때 업무상 지출한 비용 신고를 누락하면 그만큼 세액 공제를 받지 못한다. 쉽게 말해 세금을 더 내게 된다. 홈택스에 평소 자주 사용하는 카드를 미리 사업용 카드로 등록해 두어야 한다. 그러면 매입 세액 공제와 불공제 항목이 자동 분류되어 부가세 신고가 좀 더 편해진다(분류가 완벽하지는 않으니 확인까지 하면 더 좋다). 이것만 해 두어도 세무사에게 10만 원을 주고 세금 신고를 맡기지 않아도 혼자 계산할 수 있다.

그리고 본인이 직접 인터넷(전자장부 등)을 통해 전자 신고를 하면 전자 신고 세액 공제 혜택도 1만 원 받을 수 있다. 숫자만 봐도 머리가 아파지는 사람이라도 충분히 할 수 있으니 1년에 두 번 11만 원을 아끼길 바란다.

아, 정말 마지막으로 세금 계산과 공제 혜택은 계속 스스로 확인해야 빈틈이 없다. 여기 쓴 내용은 2024년 4월 기준인데 초고를 쓰고 난 뒤 간이과세 기준을 8,000만 원에서 1억 400만 원으로 올리는 시행령 개정이 발표되어 이 부분을 반영해 수정했다. 세금에 대한 세부 사항은 매년 크고 작게 변경되니 잘 찾아보고 챙겨야 한다.

일이 많아서 뽑은 아르바이트 관리가 더 힘들다고?

택배 기사도 개인사업자이니 아르바이트를 고용하거나 가족에게 임금을 주고 도움을 얻을 때가 있다. 아파트를 맡아 각 동을 소화하거나, 큰 집화처가 여러 곳이라 상차할 물건이 많다면 한 사람이 더 도와줬을 때 일의 효율이 엄청나게 높아진다. 평소에는 혼자 할 수 있더라도 블랙 프라이데이 행사 기간, 명절 앞 등 집화처 물량이 폭발할 때는 단기 아르바이트를 고용하기도 한다. 때론 집배점에서 아르바이트 직원을 고용해 택배 기사에게 관리를 맡기는 일도 있다. 그 외 인력 도급사에서 고용한 직원, 상하차 인원 등 다양한 사람들과 마주한다.

택배 기사는 개인사업자이고 인사팀이 따로 존재하는 것도 아니니 직원을 뽑는 일부터 관리까지 혼자 해내야 할 때가 많다. 나는 사업을 하면서 직원을 고용하고 외주 업체와 일해 본 경험이 있어 이런 부분에서 어려움을 느낀 적은 많지 않다. 하지만 동료들은 사람 관리 때문에 자주 골머리를 앓는다는 사실을 알게 되었다.

사람을 고용하고 관리하는 일은 물론 쉽지 않다. 누구나 할 수 있고 익히기 쉬운 일이라면 인사 전문가가 따로 존재하지 않을 것이다. 하지만 전문가가 아니고 인사에 대한 지식이 없더라도 최소한의 '기본'만 지키면 고용한 사람과 서로 얼굴 붉힐 일은 막을 수 있다. 여기에서는 내가 사업을 하거나 택배와 집화 일을 하며 직원과 아르바이트를 고용할 때 지켰던 기본, 다섯 가지 관리 원칙을 말하려고 한다.

첫 번째, 근로계약서는 기본 중 기본이다.

근로계약서를 쓰고 그 내용을 정확히 지켜야 한다. 아르바이트에게 근무 시작이 정확히 언제부터인지, 근무 요일과 시급은 얼마인지, 주휴수당이 포함된 금액인지 별도인지를 정확히 알려 주고 이를 명시한 근로계약서를 써서 날인하고 각자 1부씩 보관해야 한다. 그래야 나중에 서로 다른 말이 나오지 않는다.

서로 협의해서 근로계약서를 쓰지 않았는데 나중에 직원이 다른 마음을 먹고 신고하면 손해를 보는 쪽은 고용인(사업자)이다.

두 번째, 일하는 직원의 입장을 먼저 헤아리자.

항상 존댓말과 존중하는 태도로 직원을 대해야 한다. 간혹 거래처에는 저자세로 과잉 친절을 베풀면서 피고용인에게는 함부로 대하며 군림하는 사장님들이 있다. 거래처의 잘못이 분명한 사안에 대해서도 피고용인 탓을 하는 식이다. 그런 태도는 피고용인에게 상처를 준다. 거래처도 마냥 고맙게 여기지는 않는다. 오히려 호구로 여길 가능성이 높다. 피고용인의 의욕과 거래처와의 좋은 관계 둘 다에 해를 끼치는 태도이다.

이뿐만 아니라 고용한 직원과의 관계로 고민하는 사람 중에는 '직원이랑 어색해서' 고민하는 사람보다 '너무 친해지는 바람에' 고민하는 사람이 의외로 많다. 너무 친해지게 되면 분명히 직원이 할 일인데도 '우리 사이에 꼭 이렇게까지 하나'라는 서운함이 생길 수 있다. 일에 대한 책임감과 의무가 있어야 할 자리에 친분으로 인한 사적인 감정이 끼어드는 사례가 많다.

일은 일이고, 친분은 친분이다. 직장에서 친한 친구와 일한다고 해도 서로 직급을 부르며 존댓말을 쓰는 원칙을 지켜야 맞다. 그런데 원래 친구도 아니었던 고용인과 피고용인이 일터에서 친해졌다고 서로 형, 동생 하며 반말을 쓰거나 사적인 이야기를 터놓는 경우가 많다. 쓸데없는 말을 하는 시간을 줄여야 일이 원활하다. 여기에서 쓸데없는 말이란 민감한 주제, 정치·종교·젠더 문제에 대한 견해부터 과한 농담, 사생활 들추기, 자기 자랑, 자격지심, 험담 등 도가 지나친 사적인 대화이다.

만약 운이 좋아 서로 가치관도 비슷하고 여러모로 죽이 잘 맞아 친해진다고 해도 끝까지 좋기는 힘들다. 일 때문에든 사적인 문제든 서로 스트레스받는 순간이 생긴다. 직원이 사사건건 '우리 사이에 이 정도는 봐줄 수 있는 것 아닌가'라는 생각을 하게 되면, 고용인 입장에서는 '일을 더 잘해 줬으면 해서 편하게 배려했더니 오히려 막 나간다'며 배신감을 느낄 수 있다. 그러나 처음부터 관계를 그렇게 만든 고용인의 책임이다.

피고용인 입장에서는 고용인이 먼저 형, 동생 하며 사적인 이야기를 털어 놓고 말을 놓지 않는 이상 상대를 편하게 생각하기가 어렵기 때문이다. 애초에 피고용인을 편하게 하대하며 사람과 사람 사이의 선을 넘은 장본인은 고용인 본인이다.

굳이 서열을 심하게 잡으며 분위기를 딱딱하게 만들 필요는 없지만 존중의 자세를 먼저 지키면 상대도 나를 마냥 편하게는 생각하지 않는다. 배려를 기본으로 하되 서로 존대하며 존중하는 분위기를 만들면 생각이 있는 사람은 나와 비슷하게 행동한다.

세 번째, 기대를 내려놓고 상대를 격려하자.

아르바이트 등으로 고용된 사람들은 어디까지나 나를 도와주는 사람이다. 일에 대해 나만큼의 책임감을 가질 수는 없다. 아직 업무가 익숙하지 않고 전체적인 업무 흐름을 보는 눈도 없다.

택배 기사는 이미 숙련되어 체력적인 문제가 없는 일

도 이제 처음 하는 사람에게는 말도 안 되게 힘들 수 있다. 그렇기 때문에 쉬는 시간이 꼭 필요하다.

또한 보통의 사람이라면 아무리 남들 보기에 하찮아 보이는 일이라도 돈 받는 만큼은 일하고 성취감을 느끼고 싶어 한다. 처음엔 조금 어설프더라도 상대를 믿어 주는 편이 좋다.

처음부터 일 잘하고 내가 그를 필요로 하는 동안에는 일을 그만두지 않기를 바라는 기대는 고용인의 이기적인 마음일 뿐이다. 고용인이 직원의 도움이 더 이상 필요하지 않게 되면 이별을 통보할 수 있듯 피고용인 입장에서도 무슨 이유든 자신이 원하면 언제든 이직을 할 수 있다. 서로가 어디까지나 '계약 관계'라는 사실을 마음에 새겨야 한다.

또한 업무 중 잘못은 알려 주고 개선을 요청하되, 그것을 개인의 결점이나 잘못으로 몰아가지는 않아야 한다. 가까워지지 않는다 해도 그들은 나의 소중한 인연이다. 잘못된 부분은 최대한 담백하게 감정을 싣지 않고 실수한 부분만 지적한 뒤, 실수를 어떻게 개선할지 확실히 알려 주자.

가능하다면 잘한 부분에 대한 칭찬과 격려를 아끼지

않고 긍정적인 이야기를 많이 해 주면 좋다. 인간은 생존을 위해 부정적인 정보에 집중하는 부정편향성이 있기 때문에 아무리 직원을 격려하며 존중했어도 한 번의 부정적인 피드백으로 감정이 상하게 되는 일이 많다.

'꼭 그렇게 해야만 하나? 어느 정도는 쪼아야 더 잘하지 않을까?'

고용인이 이렇게 생각할 수도 있겠지만 연구 결과를 보면 부정적인 피드백으로 직원을 압박하는 쪽보다 직원을 격려하고 칭찬하는 쪽이 업무 효율성을 높이는 데 더 효과가 있었다. 지속적으로 직원 몰입을 측정하고 있는 리서치 기관 갤럽의 짐 하터와 에이미 애드킨스가 2015년에 발표한 연구 보고서 〈직원들은 리더에게 더 많은 것을 원한다Employees Want a Lot More From Their Managers〉 중 이런 내용이 있다. 리더가 직원에게 피드백을 줄 때 유능한 점에 집중한 경우 직원의 67퍼센트가 강하게 업무에 몰입했는데, 잘못한 점에 집중한 경우에는 31퍼센트만이 업무에 몰입했다고 한다.

네 번째, 무엇보다 리더가 일을 잘해야 한다.

일터에서는 이것이 가장 중요한 미덕이자 존중받을 수 있는 최고의 방법이다. 일 잘하는 리더를 만나면 업무 환경이 효율적으로 변하고 흐름이 원활해진다. 결과적으로 일을 같이하는 사람들이 편해진다는 이야기다. 또한 업무적으로 압도적인 능력을 보이는 일은 고용된 사람이 보일 수 있는 무례함을 미연에 방지하는 방법이기도 하다.

고용인은 스스로 맡은 일을 잘하는 것만큼 고용된 사람에게 맡길 일에 대해서도 잘 알고 있어야 한다. 또한 피고용인에게 동기부여를 하며 적절한 할당량을 주고 제 몫을 해냈을 때 보상도 확실히 해야 한다.

나는 일주일을 시작하는 월요일이나 하루 일을 시작하는 시간, 아르바이트 직원에게 대략 숫자로 처리할 업무량(데드라인)을 얘기해 주고 할당량을 채우면 일찍 퇴근할 수 있다는 점을 숙지시켜 준다. 또한 그들이 할당량을 채우면 그로 인해 내게 얼마나 도움이 되었는지 꼭 말해 준다. 만약 직원이 할당량을 채우지 못했다면 다시 조율해 가면서 응원해 준다. 그러면 확실히 동기부여가 되고 업무 효율도 높아진다. 결과적으로 모두가 만족하는 환경이 되는 것이다.

다섯 번째, 한결같아야 한다.

고용인이 기분 좋은 날에는 피고용인에게 일을 적게 주거나 쉬운 일을 주고, 기분이 안 좋은 날에는 힘든 일만 시키는 것처럼 본인 감정에 따라 일관성 없이 업무를 지시해서는 안 된다. 아무리 사소해 보여도 '감정'이 아닌 '원칙'에 따라 일을 지시하고 항상 일관성 있는 업무 환경이 되도록 만들어야 한다.

고용인이 자기 감정에 따라 변덕을 심하게 부리는 행동만큼 피고용인을 실망시키는 일은 없다. 이는 곧 피고용인의 근무태만이나 조기 퇴사로 이어질 수 있다. 장기적으로 보면 고용인 본인만 손해다.

또한 '한결같아야 하는 것'은 태도뿐만이 아니다. 정해진 월급날을 무조건 지켜야 하며, 월급이 산출되는 계산법 또한 한결같아야 한다.

물론 이 다섯 가지 원칙을 가슴에 깊이 새기고 행했더라도 고용인에게 깊은 상처와 씁쓸함을 남기는 직원이나 아르바이트가 있을 수 있다. 나 역시 출근 첫날부터 다음 날 취미 관련 행사를 가야 하니 일당을 미리 달라고 하고,

며칠간 설렁설렁 일하다 무단 퇴사한 아르바이트 직원을 만났었다. 당연히 일하다 보면 기대와 다른 직원을 만나는 때도 있다.

앞서 본 갤럽의 연구를 다시 떠올려 보자. 고용인이 긍정적인 피드백으로 직원을 대해도 67퍼센트는 업무에 더 집중하지만 나머지 33퍼센트는 그렇지 않을 수도 있다는 뜻이다. 단순히 업무에 집중하지 못하는 것 이상으로 피해를 주는 직원도 분명히 존재한다. 또 본인 딴에는 열심히 하는데 일이 너무 적성에 맞지 않을 수도 있다. 노력해도 발전이 없고 차라리 혼자 일하는 게 편하다 싶은 날이 지속되면 고용인이 최후통첩을 해야 할 수도 있다.

그리고 심한 경우 절도와 횡령, 기물 파손 같은 중대한 사유 때문에 법적으로 바로 해고해야 하는 상황이 올 수도 있다. 하지만 그 외의 경우, 다른 사정 때문에 최후통첩을 해야 할 때는 최소한의 보호막이 되는 게 바로 지금까지 말한 다섯 가지 원칙이다.

존중과 배려에서 출발한 적당한 포용과 선 긋기, 그리고 원칙은 적을 만들지 않는 최선의 수단이자 신속히 다른 사람을 구할 수 있는 방법이다.

피고용인이 원해서 그만두든 고용인이 원해서 그만두든 요즘은 구직사이트에 자신이 일했던 곳에 대한 후기를 남길 수 있다. 평소에 존중과 배려로 격려하며 대했다면 원해서 그만두는 게 아니더라도 최소한 직원이 앙심을 품고 나쁜 후기를 남길 가능성은 줄어든다.

본인이 원해서 그만두는 직원이면 미안해하며 사람을 소개해 주거나 좋은 후기를 남기는 경우도 많다. 급할 때 언제든 불러 달라며 '예비 인력'을 자처하기도 한다. 그렇게 일터에 대한 좋은 후기가 쌓이다 보면 지원자도 많아지고 자연스럽게 원하는 직원을 만날 확률이 높아지는 선순환구조가 생성된다.

지금까지 내가 고용된 사람과 함께 일할 때 지키는 다섯 가지 기본 원칙을 소개했다. 다섯 가지 기본 원칙이라고 하니 뭔가 거창한 것 같지만 사실은 '직원에게 기대하기 전에 나부터 잘하면 된다'는 이야기를 길게 늘여 쓴 것뿐이다. 하지만 원래 '나부터 잘하는 게' 가장 힘든 법이니 이를 상기하기 위해 긴 글을 써 보았다.

파손 책임, 배송 가능 크기 등
택배에 대해 궁금했던 것들

매일같이 사용하는 택배, 궁금한 점은 많지만 어디 물어보기 마땅치 않았다면 이 글이 도움이 될 것이다. Q&A를 통해 알쏭달쏭한 택배 용어와 시스템을 조금 더 자세히 풀었다.

Q. 아주 작은 물건도 택배로 보낼 수 있나?

A. 결론부터 말하자면 '아주 작은 물건'은 택배로 보낼 수 있다. 실제로 귀걸이 한 쌍, 색연필 한 자루 같은 물건을 택배로 보내는 일도 많다. 다만 이 때 주의할 점이 하나 있는데 물건은 작아도 물건을 포장한 박스나 안전봉투는 최소한 운송장을 붙여 바코드를 찍는 데 문제가 없는 크기여야 한다. 그것만 지킨다면 모래 한 알도 택배로 보낼 수 있다.

실제로 택배로 운송되는 물건 중에는 작은 크기의 물건도 많기 때문에 각 택배사는 소형 택배를 따로 취급하거나 대량의 택배를 빠르게 처리할 수 있는 시스템을 갖추고 있다. 대표적으로 CJ대한통운은 MP Multi Point, 롯데는 소형적입, 한진은 C/T combitainer적입이라 말한다. 용어는 다 다르지만 효율을 높이기 위한 각 회사의 노하우가 녹아 있다는 점은 같다. 커다란 포대 혹은 롤테이너(운반을 위한 바퀴가 바닥에 달린 커다란 바구니나 선반)에 수많은 작은 택배를 담아 운송한다. 이를 기사들끼리는 행낭이라고 말하기도 한다. 이 작업을 통해 전체적인 분류 정확도와 배송 속도가 높아졌다.

Q. 얼마나 크고 무거운 물건까지 택배로 보낼 수 있나?

A. 아주 작은 물건과 달리 '크고 무거운 물건'은 분명한 제한이 있고 택배사마다 기준이 다르다. 이와 관련해 떠오르는 일화가 있다. 나는 원래 물건을 쌓아 두기보다는 정리 정돈을 좋아해 자취할 때 짐이 많

지 않았다. 가구도 없고 짐도 없어 우체국에서 파는 큰 박스 하나에 내 짐을 모두 넣을 수 있었고 한 번은 이사할 때 방문택배를 신청해 이삿짐을 부쳤다. 그 일이 내 친구에게는 인상 깊었던 모양이다.

얼마 후 친구가 초대형 이삿짐 박스 몇 개에 짐을 담아 놓고 방문택배를 불렀고 수거하러 온 택배 기사의 빈축을 샀다는 이야기를 전해 들었다. 사실 택배로 이사가 가능한 사람은 나 같은 극단적인 미니멀리스트, 혹은 대학 기숙사 등 임시 거처에서 최소한의 짐으로 사는 사람 정도이기 때문이다. 친구와 택배 기사에게 동시에 미안하면서도 터져 나오는 웃음을 참을 수가 없었다.

2024년도 기준, 주요 택배사의 발송 가능 범위를 정리해 보았다.

우체국 세 변(가로, 세로, 높이)의 합이 160센티미터 이하, 최장 변(한 변의 최대 길이) 100센티미터 이하, 중량 30킬로그램 이내
CJ대한통운 세 변의 합 160센티미터 이하, 최장 변 100센티미터 이하, 중량 20킬로그램 이내
롯데 세 변의 합 160센티미터 이하, 최장 변 120센티미터 이하, 중량 20킬로그램 이내
한진 세 변의 합 160센티미터 이하, 최장 변 120센티미터 이하, 중량 20킬로그램 이내
로젠 세 변의 합 200센티미터 이하, 최장 변 160센티미터 이하, 중량 27킬로그램 이내

덧붙이면 발송 가능한 규격 이내더라도 택배가 크고 무겁다면 일반 택배보다는 화물택배를 이용하는 쪽이 가격 면에서 유리할 수 있다. 비교해 보고 신청하자.

Q. 주소가 제대로 적혀 있어도 운송장 바코드가 훼손되면 배송이 안 된다는 얘기를 들은 적이 있는데 정말인가?

A. 이 질문에 답하면서 택배가 고객에게로 배송되는 과정을 보다 자세히 살펴보고자 한다. 택배 배송 과정을 알면 운송장 번호와 바코드가 왜 필요한지 이유 역시 알 수 있다. 운송장 번호로 택배 위치를 조회하면 크게는 아래 순서로 배송이 진행되는 것이 눈에 보인다.

집화 처리 - 서브 터미널(출발지) 간선 상차 - 허브 터미널 간선 하차 - 허브 터미널 간선 상차 - 서브 터미널(도착지) 간선 하차 - 배송 출발 - 배송 완료

배송 과정에서 우리의 택배를 가장 먼저 만나는 사람은 '집화 기사'다. 택배 기사가 배송 업무를 끝낸 뒤 집화 업무까지 겸업하기도 하고 집화만 전담하는 집화 기사도 있다. 집화 전담 기사의 주요 고객은 쇼핑몰이다. 인터넷 쇼핑몰, 공장, 소규모 오프라인 판매점과 편의점까지, 집화처의 종류와 규모는 다양하지만 인터넷 의류 쇼핑몰을 예로 들어 설명하겠다.

고객이 쇼핑몰에서 티셔츠를 주문하면, 쇼핑몰은 그 티셔츠를 포장하고 운송장을 출력해 붙여 놓는다. 물건 포장이 완료되면 집화 기사가 약속한 시간에 택배를 수거해 화물차에 싣고 간다. 이때 집화 기사는 휴대한 업무용 스캐너로 운송장의 바코드를 스캔한다. 스캔이 끝난 뒤 누락이나 스캔 오류 등 실수가 없나 확인하고 택배 전산 시스템에 전송한다. 이때부터 운송장 번호로 배송 조회를 하면 정보가 뜬다. '집화 처리'가 여기까지 진행되었다는 의미다.

기사는 집화가 끝난 택배를 가지고 지역의 서브 터미널에 들어가 허브 터미널로 가는 간선 11톤 차량에 싣는다. 이때 택배사에 자동화

시스템이 마련되어 있다면, 집화 물품을 레일에 올려놓고 레일의 끝에서 도우미들이 간선 차량에 상차 작업을 한다. 자동화 시스템과 상차 도우미가 없는 터미널이라면, 집화 기사가 직접 간선 차량에 상차 작업을 하기도 한다.

서브 터미널에서 택배를 실을 11톤 차량이 허브 터미널에 도착하면 물건을 내리면서 바코드를 찍는다. 이때 바로 분류가 되면 '허브 터미널 간선 하차'가 한 번만 찍힌다. 그러나 터미널 사정에 따라 바로 분류가 안 되면 '허브 터미널 간선 하차'가 여러 번 등록되기도 한다. 분류가 끝난 뒤 허브 터미널에서 각 지역의 서브 터미널로 가는 화물차에 택배를 실을 때 또다시 바코드를 스캔한다. 이때 배송 조회에 뜨는 말이 바로 '허브 터미널 간선 상차'다.

허브 터미널에서 무사히 택배를 간선 상차한 대형 화물차는 받는 사람과 인접한 지역의 서브 터미널까지 간다. 이때 택배를 내리면서 또한 번 바코드를 찍고 전송한다. 그러면 배송 조회에 '서브 터미널 간선 하차'가 찍힌다. 아마 택배를 많이 이용하는 사람이라면 이 단계에서 '이제 거의 다 왔구나. 오늘은 받을 수 있겠네'라고 안심할 것이다.

그런데 무사히 내가 사는 지역의 서브 터미널에 택배가 도착했다고 끝이 아니다. 내가 사는 지역을 담당하는 택배 기사, 즉 'SM[Service Man]'이 그 택배를 차에 실어야 비로소 배송이 시작된다. 택배 기사가 택배를 차에 실으면서 운송장 바코드를 스캔하고 전산 시스템에 전송하면 배송 조회에 '배송 출발'이라는 문구가 뜬다. 그렇게 택배를 실은 택배 기사가 비로소 우리 집 앞에 택배를 놓고 마지막으로 운송장 바코드를 찍고 전산 시스템에 '배송 완료' 전송까지 해야 모든 배송 과정이 완료된다.

택배는 우리 집까지 오기 위해 수없이 '운송장 스캔'과 '전산 시스템 전송'을 거치며 분류되고 이동한다. 검색만으로 쉽게 배송 과정을 확인할 수 있는 것도 다 운송장 덕분이다. 택배에게 운송장은 해외여행을 할 때 여권과 같다. 외국 공항에서 여권이 없으면 아무리 '내가 대한민국 국민이다'라는 사실을 여러 수단으로 입증할 수 있다 해도 출국심사대 통과는 안 된다. 운송장도 마찬가지다. 아무리 상자에 받는 사람 주소가 제대로 써 있어도 운송장이 없으면 그 택배는 목적지까지 갈 수 없다. 해외에서 여권을 잃어버렸다면 대사관을 통해 임시 여권을 발급받아야만 비행기를 탈 수 있듯, 택배 역시 사라진 운송장을 재발급, 재부착해야 무사히 배송을 마칠 수 있다. 참고로 업계에서는 운송장이 사라진 상품을 '무적상품'이라고 말한다.

Q. 택배 상자와 물건이 파손되어 왔는데, 택배 기사가 이를 전액 부담하나?
A. 택배 물건을 받았는데 파손되었다면 수령한 날부터 14일 이내에 택배회사에 통지해야 보상받을 수 있다. 14일이면 넉넉한 기간이라고 생각할 수도 있겠지만, 미루다가 기한에 딱 맞춰 신고하기보다는 사고를 파악하는 즉시 신고하는 편이 좋다. 즉시 통보하지 않고 시간이 지나면 피해 발생의 원인과 파손 책임을 가리기 어려워지기 때문이다. 이를 이유로 택배사에서 배상을 거부할 수도 있으니 발견 즉시 신고하자. 보상액은 운송장에 적힌 상품가액과 실제 구매가 등 복합적인 기준을 고려해 정한다.

택배 물품의 파손이 택배회사나 운송인의 명확한 과실이나 고의로 인해 발생했을 때는 택배회사에서 고객에게 먼저 배상한다. 그 뒤 배송 과정에 참여한 모든 사람의 귀책사유를 조사하고 판정을 내린다. 그러나 택배를 대량 취급하는 택배 시스템 특성상 책임 소재를 확실히 알아낼 수 없을 때가 많아, 보통은 책임이 예상되는 관련자들이 나누어 배상한다.

이해하기 쉽게 한 택배사의 시스템을 중심으로 설명하려 한다. 고객이 상품을 받았는데 파손이 되었다면 순서대로 그 택배를 처음 수거한 '집화 집배점', 중간에 거친 '서브 터미널'과 '허브 터미널', '배송 집배점' 이렇게 n분의 1로 해당 물건값을 물어준다.

하지만 항상 이런 것은 아니다. 책임에 따라 달라진다. 예를 들면 택배 기사가 이미 파손된 상태로 상품을 인수받았다면 택배 기사에게는 파손 책임이 없다. 그 단계에서 택배 기사가 사고 처리를 하면 배상 책임에서 빠지고 나머지 관련자가 n분의 1로 값을 물게 된다.

즉 사고 처리를 한 지점을 기준으로 책임을 따진다. 하지만 이것 역시 택배사마다 적용 방법이 달라서 관련자가 항상 n분의 1로 배상하지는 않는다. 예를 들면 집화 기사가 더 많이 배상한다는 식으로 비중을 다르게 하기도 한다. 수거나 집화 단계에서 택배 기사가 포장이 불량한 택배를 거부하는 이유다. 특히 고객이 반품하는 상품이나 편의점에서 발송하는 상품은 포장이 허술해 문제가 생길 가능성이 높다. 배송 과정에서 택배가 파손되면 고객도 손해지만 택배 기사 입장에서도 손해다. 고객만큼 택배 기사도 택배가 안전하게, 무사히 도착하기를 바라며 최선을 다하고 있다는 사실을 알아주면 좋겠다.

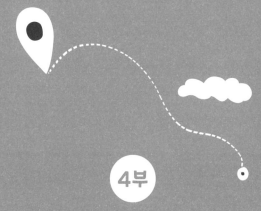

4부

습관을 바꾸고 일상을 가꾸며

일은 덜하고 더 많이 벌 수 있게 만든 습관 하나

〈내 머리 속의 지우개〉라는 영화가 있다. 이 영화를 보지는 않았지만 손예진이 이른 나이에 알츠하이머병에 걸린 아내로, 정우성이 남편으로 나오는 로맨스 영화라는 정도는 알고 있다. 어린 시절 주말 아침에 하는 영화 소개 프로그램에서 우연히 보았는데 여주인공이 매일 전날의 기억을 잊어버린 상태로 눈을 뜨는 장면이 인상 깊었다. 이런 설정은 2014년도 영화 〈내가 잠들기 전에〉에도 사용되었다. 아침마다 이십 대에서 기억이 멈춘 상태로 깨어나는 여주인공 니콜 키드먼에게 남편 콜린 퍼스가 "당신은 이십 대가 아니라 마흔 살이야"라는 충격적인 말과 함께 결혼사진을 보여 주는 장면으로 영화가 시작한다.

나는 아침이면 전날 일을 하나도 기억하지 못하는 그들의 심정이 어느 정도 이해될 만큼 지난 일을 잘 잊는 편이다. 지금 글을 쓰면서도 〈내가 잠들기 전에〉의 제목과 여주인공 이름이 기억나지 않아 애를 먹었다.

'그, 뭐였더라. 여주인공이 얼마 전에 봤던 파일럿 영화(이 역시 기억이 안 났다)에 나오는 남자 주인공과 결혼했던 것 같은데…….'

내가 기록해 둔 메모에서 '파일럿 영화'는 〈탑건〉이고 남자 주인공이 톰 크루즈였다는 사실을 찾아낸 뒤 열심히 검색해 주연배우 이름과 영화 이름도 찾을 수 있었다. 물론 톰 크루즈와 니콜 키드먼은 오래전 이혼한 사이지만.

영화 제목은 물론 지난 주말에 뭘 했는지도 잊어버릴 때가 많다.

과거는 대부분 잊어버리고 의식적으로 떠올리지도 않는다. 이런 점을 부러워하는 친구들도 꽤 많다. 아픈 기억도 슬픈 기억도 수치스러웠던 기억도 모두 잊어버리고 현재에 충실할 수 있는 점이 부럽다나. 하지만 단점도 꽤 많기에 나는 필요할 때 기억을 불러오기 위해 '메모하는 습관'을 들였다.

항상 수첩이나 노트를 갖고 다니면서 사소한 부분까지 모조리 적어 두고 매일 일기와 가계부를 쓴다. 책을 읽으면 중요한 문장을 수집하고 내용을 요약해 컴퓨터에 저장해 놓는다. 종류에 따라 목적이 다르기에 메모 방식도 조금씩 달라진다. 그날 겪은 일을 기억하고 싶을 때는 느낌과 생각 위주, 정보는 정확한 숫자나 디테일이 한눈에 들어오도록 메모한다. 그래야 필요한 것들이 떠오르기 때문이다. 그렇게 머릿속 대신 노트와 컴퓨터에 기록을 쌓아 가는 자타 공인 메모광이 되었다.

청소와 정리 정돈을 좋아하는 나는 방대한 양의 메모도 언제든 찾을 수 있게 정리해 두었다. 메모의 종류는 정말 다양하다. 지금까지 내가 몇 편의 책, 만화책과 영화를 보았는지, 어떤 게임을 했는지 메모장을 보면 금방 알 수 있다. 이 글을 쓰는 지금까지 드라마는 56편, 애니메이션은 93편, 영화는 831편을 보았고 책은 1060권, 웹툰과 만화책은 115편을 보았다. 그리고 지금까지 한 게임은 총 199개나 된다.

중고 거래를 할 때는 물건을 보내기 전 내가 파는 물건을 영상과 사진으로 꼼꼼히 남겨 놓는다. 좋은 분들이 더 많긴 하지만 간혹 물건을 받고 '고장 난 물건을 받았다'며 물건값 이상의 돈을 청구하는 사람도 있기 때문이다.

얼마 전에도 중고 거래로 전자기기를 팔았는데, 물건을 받고 닷새 뒤에 '사정이 있어 이제야 써 보았는데 문제가 있다'며 거래 금액보다 큰 비용을 수리비로 청구하는 사람이 있었다. 나는 물건을 보내기 직전에 찍어 둔 물건 기능을 시험해 본 영상과 사진을 보내 주었다. 택배 일을 하면서도 나는 애매하거나 CCTV가 없는 곳은 사진을 남겼고, 고객과의 통화 내용은 모두 녹음했다. 그 덕에 택배를 시작한 첫 달 딱 한 번을 제외하고는 물건을 분실한 적이 없다.

내 구역에는 대학교 건물들이 있다 보니 '○○과/ ※※전공'이라고만 주소를 적고 보내는 택배가 정말 많았다. 이렇게 보내면 택배 기사가 배송하기 무척 힘들어진다. 학과와 전공만으로 어느 건물의 몇 호인지 바로 알 수 없다. 그래서 나는 담당하는 대학교의 각 학과 사무실이 어떤 건물, 몇 호인지 메모한 뒤 보기 쉽게 문서로 정리했다. 그

건물을 드나드는 우리 팀의 다른 기사들도 볼 수 있도록 터미널 기둥에도 붙여 두었다.

매일 무슨 일이 있었는지 특이사항을 일기처럼 기록하면서 하루에 몇 개의 택배를 배송했는지 배송 시간은 얼마나 걸렸는지도 기록해 두었다. 기록을 보니 내가 가장 많은 물건을 배송한 2022년 3월 3일은 463개였고, 가장 적은 날은 2022년 1월 27일, 24개였다. 가장 적은 날은 설날 택배 마감으로 인해 배송할 물건이 거의 없었다고 쓰여 있다.

내가 퇴근 시간이 제일 빨라 같은 구역에서 1시간에 배송하는 수량도 제일 많겠거니 짐작은 했는데 어느 정도일지 궁금해 기록을 토대로 계산해 본 적도 있다. 가장 빨랐던 날의 배송 타수(1시간에 배송하는 개수)는 157개로 2시간 안에 하루치 일당을 모두 벌 수 있는 수준이었다.

물론 상황이 모두 달라 배송 타수로 업무 능력을 정확히 측정할 수는 없다. 하지만 나는 메모를 토대로 하루에 몇 개를 얼마 만에 배송했고, 어제보다 나아졌는지, 매일 확인하며 마음을 다잡았다. 지금 이 글을 쓸 수 있는 이유도 메모를 해 놨기 때문이다. 나는 왜 메모를 할까? 그 이유에는 곤란하거나 억울한 일을 당했을 때 정확한 자료를 제시해 스스로를 보호하기 위해서도 있다. 또 일의 능률을 높이기 위해서도 있다.

하지만 근본적인 이유는 내가 지금 생각하는 것들이 언젠가 나에게 다시 소중해지지 않을까 싶어서이다.

시간이 갈수록 지나치게 보수적이 되거나 소중했던 꿈을 잃는 사람들을 많이 봐 왔다. 살아남기 위해 주변 환경에 적응하다 보면 어느새 아무런 외압이 없던 시절의 진짜 자기 모습을 잊어버리게 되는 것이다. 내가 정말 중요하게 여기는 가치, 내가 나일 수 있게 만드는 소중한 존재를 현실에 적응하려다 까맣게 잊어버릴지 모른다.

간절하게 바라던 것도 막상 이루면 과거의 간절함을 잊기 쉽다. 메모는 그럴 때를 위해 필요하다. 나도 모르게 현실과 세상 사람들의 가치관에 영향을 받아 잊지 말아야 할 부분을 잊지 않았는지 돌아보게 한다. 그리고 내가 가진 것의 소중함을 다시 되새겨 준다.

몸 쓰는 일 하고 운동하지 않으면?
큰일 납니다!

젊었을 때라고 하면 조금 웃길 수도 있으려나? 지금보다 젊었을 때인 이십 대 초반에 스피닝 강사와 퍼스널 트레이너 일을 겸한 적이 있었다. 전역 후 모든 대한민국 청춘들이 그러하듯 나 역시 '뭐 해 먹고살까? 어떤 일이 내 적성에 맞을까?' 고민하던 시기였다.

군대 2년(나는 정확히 1년 9개월)을 갔다 오면 무엇을 하고 싶은지에 대한 윤곽이 잡힐 줄 알았는데 아니었다. 다시 백지상태로 돌아와 막막한 미래와 진로 고민이 나를 기다리고 있었다. 고민만 많던 어느 날 내가 몸 쓰는 일만큼은 중간 이상 간다는 사실이 떠올랐다.

어릴 때부터 수영, 골프, 합기도 등 다양한 운동을 배웠고 어느 정도 잘한다는 평가를 받으며 꾸준히 했다. 몸 쓰는 일 중에서 기술을 배우면서 돈도 벌 수 있는 일이 없을까, 생각하다 구인구직 사이트에 올라온 한 공고가 내 눈을 사로잡았다.

"초보자 환영! 돈 벌면서 운동 배울 수 있는 헬스장 아르바이트 구인"

지금도 크게 달라지지 않은 것 같지만, 저 공고를 본 2016년은 한창 우리나라에 헬스와 다이어트 붐이 일 때였다. 단순히 마른 몸이 아닌 근육이 있고 균형 잡힌 건강한 몸을 만들어야 한다는 생각이 사람들 사이에 널리 퍼지기 시작한 시기였다. 그 시장에 발을 담그는 건 미래를 위해 나쁘지 않아 보였다. 어차피 딱히 할 일도 없었던 터라 오래 고민하지 않고 바로 지원 전화를 걸었다.

첫 출근 날 우락부락한 형님들이 맞아주셨던 게 기억난다. '들어올 땐 자유지만 나갈 땐 아니란다.' 이런 메아리가 들리는 것 같았다. 그날 이후 나는 1년 반 동안 헬스 일을 했다. 우락부락한 형님들이 무서워서는 아니었고 일이 적성에 맞았다.

초반에는 월급 60만 원을 받으며 새벽 6시부터 밤 12시까지 헬스장에 있었다. 배우며 일하고 중간중간 운동도 하느라 시간 가는 줄 몰랐다. 아르바이트로 시작해 전문 강사를 할 때까지 번 월급은 족족 자격증 따는 데 투자했다. 일한 지 반년쯤 되었을 때는 재키 스피닝(사이클과 체조 동작을 결합한 실내 스포츠) 자격증을 따서 강사 일도 할 수 있었다.

해 본 사람은 알겠지만 스피닝은 정말이지 엄청난 에너지가 소모되는 격렬한 운동이면서 유쾌한 운동이다. 수십 대의 자전거가 구비된 스피닝 룸은 밀실처럼 어두운데, 운동할 때 클럽처럼 현란한 조명을 켜고 이리저리 움직인다. 신나는 댄스음악을 틀어 놓고 다 같이 위아래로 팔을 뻗고 움직이는 율동을 하며 발로는 페달을 돌린다.

빠른 속도의 동작을 완벽하게 따라 하지는 못하지만 열심히 하는 회원들을 지켜보면 유쾌했다. 특히 건강이 안 좋아 보이던 회원이 열심히 운동해서 건강한 몸을 갖게 되었을 때, 그 뿌듯함은 이루 말할 수가 없다. 내 입으로 말하기는 민망하지만 나름 인기 강사였다.

젊은 남자 스피닝 강사가 많지 않아 어머님들의 사랑을 듬뿍 받은 점도 무시할 수 없겠지만, 정말 즐기며 운동을 했던 모습이 크게 작용했을 것 같다.

근육을 크게 키우는 것이 목적인 웨이트 트레이닝과 달리 스피닝은 몸의 기능 향상을 중시하는 운동이다. 스피닝 외에 자격증을 땄던 불가리안 백(수플레스), 케틀벨(KFKL), 택핏(택핏 아카데미) 등 여러 기능적 운동은 여러모로 스마트한 운동이라고 생각했다. 이 운동을 하면 크고 화려한 근육은 얻을 수 없지만 속부터 단단하게 차오른 슬림한 근육을 갖게 된다. 이때는 인생 처음으로 배에 왕자도 생겼다. 운동을 그만둔 뒤 근육들은 많이 사라졌지만 언제든 최적의 몸을 가질 수 있다는 자신감을 갖게 됐다.

요즘도 몸매를 위해서가 아니라, 건강을 위한 운동을 하루 5분이라도 하려 한다. 매일은 못 해도 간헐적으로라도 운동을 하다 보니 살이 잘 찌는 체질임에도 항상 적정 수준의 몸을 유지한다. 자격증을 사용하지는 않지만 언제든 나와 주변 사람들을 위한 운동 프로그램을 짜고, 트레이닝해 줄 수 있는 기술을 가졌으니 그 시절의 1년 반이 아깝지 않다.

뜬금없지만 전직 기능성 운동 강사인 택배 기사로서 택배 기사님들에게 꼭 해 주고 싶은 말이 있었다. "택배는 택배고 운동은 따로 더 하시라"라는 말이다. 생수 배달로 처음 일을 시작했을 때 내가 퍽이나 힘들어 보였던지 센터장이 어느 날 이런 말을 했다.

"따로 운동하는 거 있어요? 택배는 택배고 운동은 운동이에요. 배달 다 끝나면 꼭 운동해야 해요."

운동을 배워 본 사람은 알겠지만, 이 말은 육체노동을 하는 사람에게 너무나 중요한 말이다. 일은 일이고 운동은 운동이다. 일이 고되다고 운동이 된다고는 할 수 없다. 오히려 고된 만큼 몸을 상하게 할 수 있다. 육체노동은 고정된 자세에서 특정 근육과 관절을 반복해서 쓰는 일이 많아 부상 위험이 크다. 신체 비대칭 등의 문제도 발생하기 쉽다. 그래서 육체노동 강도가 높은 일을 할수록 여러 근육과 관절을 골고루 사용할 수 있는 운동을 해야 한다.

그리고 육체노동은 장시간 신체를 혹사시키기 때문에 운동할 때 주로 나오는 엔도르핀이 아닌 스트레스 호르몬이 나온다. 또한 호흡도 일정치 않아서 많은 활성산소가 생긴다. 이 때문에 운동 효과를 보기는커녕 오히려 면역력이 약해지고 각종 질환과 노화를 촉진할 수 있다.

일하면서 중간중간 스트레칭도 하고 아무리 힘들어도 되도록 바른 자세를 유지하려 노력해야 한다. 바른 자세만으로도 부상을 예방할 수 있기 때문이다. 예를 들어 무거운 짐을 들거나 옮길 때 데드리프트와 스쾃 자세를 활용하여 물건을 몸에 잘 밀착시킨 뒤 허리는 편 상태로 하면 좋다. 바른 자세만 해도 특정 부위가 아프다거나 허리가 아프거나 하는 일을 사전에 방지할 수 있다.

이렇게 업무 중 몸 쓰는 일을 기능적으로 하면 퍼스널 트레이닝을 받는 데 시간과 비용을 따로 내지 않아도 된다. 만약 건강에 더욱 관심이 간다면 하루 5분에서 15분 정도 스트레칭을 꼭 챙겨서 하고 가볍게 산책하거나 러닝머신에서 달리는 것만으로도 충분히 몸의 균형을 잡을 수 있다.

물론 운동에 대한 지식이 없고 생각하기 귀찮다면 주 2회씩 한두 달 퍼스널 트레이닝으로 운동 방법을 배우면 쉽고 확실하다. 많은 육체노동자가 기능적으로 몸을 움직이며 안전하고 건강하게 일할 수 있기를 바란다.

택배 기사의
피부 관리 비법

　'택배 기사'와 '피부 관리'라니, 너무나 안 어울리는 주제지만 그래서 오히려 당당하게 쓸 수 있다. 만약에 택배 기사가 빠진 그냥 피부 관리 얘기였다면 한 줄이라도 제대로 쓸 수 있었을까? 그저 노트북 빈 화면만 멍하니 바라보며 깜빡이는 커서와 밀담을 주고받았을지도 모를 일이다. '피부 관리 이야기는 모공이 안 보이는 깐달걀 같은 피부를 가진 사람들만 쓸 수 있는 것 아닌가?' 생각하는데 나도 양심이라는 게 있어 내가 그런 사람이 아님을 알기 때문이다. 하지만 택배 기사라는 직업군 내에서는 상위권 피부에 속한다고 자신하기에 이 주제로 이야기를 해 보려 한다.

십 대 때는 피부가 안 좋았다. 일단 에너지가 넘쳐 여기저기 돌아다니느라 새까맸고, 여드름이 한 번씩 꽤 크게 나는 편이라 아프기도 했고 보기도 안 좋았다. 친구가 추억이랍시고 고등학교 수학여행 때 찍은 사진을 보내온 날이 기억난다. 별생각 없이 봤는데 '내가 정말 이랬었나?' 싶을 정도로 피부가 어둡고, 얼굴 한가운데에는 시뻘건 여드름 여러 개가 커다랗게 돋아나 있었다. 그런데 그 사진보다 충격적인 건 마침 옆에 있던 친구의 반응이었다.

"이건 누구야?"

알아보지도 못할 정도였던 모양이다. 피부가 인상을 결정하는 데 정말 중요한 역할을 한다는 사실을 그때 깨달았다. 하지만 이 '피부 흑역사' 시절은 내게 피부 관리 습관을 들이게 해 준 소중한 시기였다. 큰돈을 들여 피부과 시술로 모든 것을 해결했다면 '습관'을 얻지는 못했을 것이다. 학생이라 주머니가 가벼운 덕에 세안과 보습 위주로 매일 실천할 수 있는 습관을 길렀다.

별건 없지만 육체노동을 하다 보면 기본도 하기 힘들 때가 있다. 그런데 기본을 지키지 못하면 피부는 금방 상해 버린다. 아무리 힘들어도 내가 피부를 위해 매일 지키는 루틴은 세 가지다.

첫째, 매일 선크림 바르고 햇볕이 센 날에는 덧바르기.

너무나 중요한 내용이라 첫 번째로 넣었다. 예전에 모녀 관계로 보이는, 상당히 닮은 두 여성 사진을 본 적이 있다. 나이 차가 적어도 20~30년은 돼 보였고 굉장히 닮아 당연히 엄마와 딸일 거라 생각했는데 알고 보니 쌍둥이 자매였다. 한 명은 평생 선크림을 잘 발랐고 다른 한 명은 바르지 않았는데 선크림을 바른 쪽은 주름과 기미가 없어 딸뻘로 보일 만큼 피부가 좋았다.

그 사진을 본 후 선크림의 중요성을 뼈저리게 깨닫게 되어 비가 오는 날도, 하루 종일 집에서 쉬는 날도 선크림은 빼놓지 않고 바른다. 그 덕분에 잡티 없는 밝은 톤의 피부를 유지하고 있다. 선크림을 꾸준히 바르면 조금씩 피부가 하얘진다는 연구 결과를 어디선가 본 적이 있다. 학창 시절 까맸던 내가 지금은 많이 하얘졌으니 한번 믿어 보고 싶다.

물론 하얀 피부가 무조건 더 좋다는 시대착오적인 얘기를 하려는 건 아니다. 중세 유럽풍 로맨스 드라마의 주인공 왕자도 백마 탄 금발 백인이 아닌 흑인이 하는 시대에 설마 그런 주장을 하겠는가. 그을린 피부가 멋지게 어울리는 사람도 있지만 학창 시절을 떠올리면 나는 그렇지 않아 돌아가고 싶지 않다. 어쨌든 피부색은 둘째 치고 노화 방지를 위해서 선크림은 정말 중요하다. 피부색을 어둡게 만드는 태닝을 할 때도 선크림은 필수라니 말이다.

둘째, 저녁에 꼭 클렌징 제품으로 세안하기.

처음에 클렌징 오일을 봤을 때는 아무리 씻어 낸다고 해도 얼굴이 기름질 것 같아 꺼렸다. 하지만 낮에 도포한 선크림이 모공을 막지 않도록 깨끗하게 씻어 내려면 나의 경우에 클렌징 오일이 좋았다. 클렌징 오일을 물기 없는 얼굴에 바른 뒤 1분 정도 마사지하고 얼굴에 물을 조금 묻힌다. 그 후 문지르면 클렌징 오일이 물과 만나 우윳빛으로 변한다. 이때가 클렌징 효과가 나타나는 시점인데 충분히 마사지를 한 뒤 미지근한 물로 헹구면 된다. 이 과정에서 블랙헤드나 모공에 막힌 피지가 빠져나가기 때문에 지성 피부라도 용기를 내서 쓰길 권한다. 클렌징 오일로 선크림을 부드럽게 제거하고 난 뒤엔 클렌징 폼으로 두 번째 세안을 한다. 이런 이중 세안이 좋지 않다고는 하지만 나는 오일의 미끈거리는 잔여물도 말끔하게 제거되고 상쾌한 기분으로 잠자리에 들 수 있어서 이중 세안을 하고 있다.

셋째, 로션 바르기.

뭐든 복잡한 걸 시도해서 포기하느니 단순한 걸 매일 하는 편이 좋다고 생각한다. 에센스니 팩이니 앰플이니 피부 관리를 위한 제품 종류가 엄청나다는 사실은 알고 있지만, 솔직히 여러 단계로 매일 관리할 자신은 없었다. 그래도 피부가 당기지 않을 정도로 유수분이 부족하지 않게 최소한의 관리를 하기로 했다.

나는 성분이 좋은 올인원 로션을 골라 딱 하나만 바른다. 올인원 화장품의 기능성은 보통 이렇다. 미백, 주름 개선, 피부 진정, 수분 공급, 피지 관리. 화장품을 여러 개 바르는 게 귀찮다면 시간과 노력을 절약할 수 있는 올인원 화장품 하나라도 꼭 바르기를 추천한다.

올인원 화장품 외에 추가로 권하고 싶은 하나는 보디로션이다. 남자들 중에 보디로션을 바르지 않는 사람이 정말 많은데 여름엔 습하니 그렇다 쳐도 그 외의 계절에는 반드시 발라야 한다. 봄가을엔 특히 건조해서 보디로션을 제대로 바르지 않으면 살갗이 가렵고 긁다 보면 살비듬이 생길 수 있어 비위생적이다. 운동을 열심히 해 몸이 좋다 한들 살비듬이 떨어지는 순간 매력 반감이다. 그리고 피부에 윤기가 돌면 같은 근육이어도 더 근사해 보인다. 보디빌더들이 보디빌딩 대회에 나가거나 보디 프로필을 찍을 때 보디 오일을 발라 피부를 반짝이게 하는 것도 그런 이유다.

요즘은 남녀 구분 없이 관리를 열심히 하는 시대라 최소한의 기본을 가지고 관리라고 써 놓으니 조금 낯부끄럽다. 하지만 기본 관리도 하지 않는 남자들이 아직은 꽤 많은 것 같다. 지인 중에는 화장품 가게에 가기 쑥스러워서 아직도 엄마가 사다 주는 화장품만 쓴다는 사람이 있을 정도다. 그런 분들은 용기를 내서 본인이 직접 로션과 선크림을 골라 보기를 제안 드린다. 스스로의 피부 상태를 가장 잘 아는 것은 결국 자신이다. 그리고 직접 골라야 애정이 가서 매일 꾸준히 바르고 싶어진다.

어른들 하라는 대로 살았더니
닥친 현실

　얼마 전 베트남으로 여행을 가서 진기한 풍경을 보았다. 호텔 프런트의 현지인 경비 아저씨가 너무나 공손하고 정성스럽게 고개를 숙이며 출입문을 열어 주는 것이었다. 당연한 일이라고 생각할 수도 있지만, 이 풍경이 진기했던 이유는 그게 아니다. 딱 봐도 관광객인 한국인이든, 현지인 청소부든, 남루한 차림의 꼬마든 경비 아저씨는 자리를 털고 일어나 똑같이 정중하게 문을 열어 주었다. 누군가 소파에 앉으면 선풍기 바람이 그 사람에게 가도록 옮겨 주었다.

큰 감동을 받았다. 자신의 일에 책임감을 가지고 최선을 다하는 모습이 아름다워 보였다. 한편으로는 그 경비원에게서 나 자신의 일면을 보기도 했다. 물론 스스로 '장점'이라고 생각하는 일면이다.

살면서 서른 전까지 열 번 넘게 일자리를 바꿨다.

단순 아르바이트일 때도 있었고, 어딘가에 소속되어 월급을 받을 때도 있었고, 내 사업을 할 때도 있었다. 주유소, 택배 상하차, 커피 로스팅, 스피닝 강사, 봉사협회, 광고회사 등 서로 연관성이 없는 분야의 가장 낮은 곳부터 높은 곳까지를 다양하게 거쳤다. 이 수상쩍은 잡탕 경력은 대학에 가지 않아서 가능했을지도 모른다. 이십 대에 군대 2년, 은둔형 외톨이 생활 1년 반을 빼고도 7년 가까운 시간이 있었기 때문이다. 그 시간 내내 나는 한순간도 쉬지 않고 일했다.

주유소에서 소매에 기름을 묻혀 가며 일할 때도, 테헤란로 빌딩에 내가 만든 회사명이 박힌 간판을 걸어 놓고 큰돈을 만질 때도 한 가지는 똑같았다. 그 순간 내가 하고 있는 일에 최대한 집중하며 좀 더 잘하고자 노력했다. 운이 좋게도 일을 하는 동안 돈 걱정을 해 본 적은 없었고 내가 하는 일에 자부심을 느꼈다.

내 또래 중에는 돈을 많이 벌지 못하는 일이라면 아예 시작조차 안 하거나, 책임감을 가지기 어렵다고 생각하는 사람들이 있다. 예전에는 그들을 이해하지 못했다. 하지만 모은 돈을 전부 잃어 처음부터 다시 시작해야 했을 때 그 누구보다 친구들을 이해할 수 있게 되었다.

한 달에 200~300만 원을 벌어서 언제 돈을 모으고 서울에 있는 집 한 채를 살 수 있을까? 돈이 없는데 감히 결혼을 꿈꿀 수 있을까? 그렇게 친구들이 가졌던 노후에 대한 불안에 처음으로 공감했다. 왜 그렇게 전 재산을 털고, 때로는 빚까지 내어 공격적으로 투자하는지도 비로소 이해했다.

최소한의 존엄성과 인간다운 생활이 보장되고 현재의 노동으로 미래가 더 나아질 수 있다는 생각이 들어야 자신의 일에 자부심과 책임감이 생긴다.

'받은 만큼만 일한다'고 어떻게 보면 조금 계산적인 태도를 취하는 지금의 내 또래는 미래에 대한 기대가 없기에 무력감을 느낀다. 수시 세대인 우리 세대는 대학입시라는 인생의 첫 관문부터 부모의 관심과 재력에 따라 결과가 달라질 수 있음을 경험했다. 대학 간판은 개개인의 노력, 탁월함의 척도라 여겼던 생각이 깨지는 순간이다. 이런 경험은 성인기를 겪으며 더 많이 쌓이며, 결국 노력과 결과는 별개라는 인식을 뼛속 깊이 새기게 된다.

부모의 지원으로 좋은 대학에 간 청년도 무력감에서 자유롭지는 않다. 부모 세대에는 계층 상향 이동이 가능했다. 요즘은 부모보다 좋은 학교를 졸업하고 더 많은 지식을 습득해도 기껏해야 부모와 같은 계층을 유지하는 정도에서 그친다. 부모가 원하는 인생의 정석 코스를 착실히 따라가다 조금만 삐끗하면 그 위치도 유지 못 할 가능성이 높다. 그런 와중에 주식 투자나 가상자산, 유튜브 등으로 부를 쓸어 담는 사람들이 보이니 무력감은 더 깊어진다.

내 친구를 예로 들어 보려고 한다. 이 글에 자신의 이야기를 꼭 넣어달라고 스스로 부탁했다. 친구는 올해로 직장생활 7년 차인데 얼마 전 대리로 승진하며 연봉이 대폭 올랐다고 한다. 그렇게 받는 연봉이 3,500만 원이고 이를

12개월로 나누면 290만 원, 세금을 떼고 실수령하는 금액은 240만 원대라고 했다. 2024년 최저임금 실수령액이 180만 원 안팎이니 60만 원 차이가 나는 건데, 본인 표현을 빌리자면 '60만 원에 몸과 마음에 족쇄를 씌운 꼴'이라고 한다.

매달 매년 정해진 사업 매출을 너무 넘치지도 부족하지도 않게 맞춰야 한다는 압박, 회사에 할애하는 시간과 책임감을 생각하면 터무니없이 적은 금액이라고 친구는 말했다. 내 생각에도 그랬다. 남들 보기에는 그럴싸한 커리어를 쌓고 있는 그 친구의 월급이 240만 원이라니.

물론 친구가 박봉의 대명사인 문화 예술 계통에서 일하고 있긴 하지만 무언가 이상하다는 생각이 좀처럼 떠나지 않았다. 참고로 친구 회사는 미디어 대기업의 계열사다.

친구에게는 '워라밸'도 없다. 다른 많은 직장인과 마찬가지로 6시에 정시 퇴근하면 '칼퇴' 소릴 들으니 일이 일찍 끝나도 20분에서 40분 정도 늦게 퇴근했다. 자주는 아니지만 야근 수당 없이 새벽까지 야근하고 주말에도 업무 전화를 받을 때가 많단다. 이직하며 새 회사 출근 전 일주일 쉬었던 때, 가족상을 치렀을 때 빼고는 지난 7년 동안 단 한 번도 사흘 이상 붙여서 휴가를 쓴 적이 없다고 했다.

친구가 그전에 다닌 회사도 만만치 않다. 중소기업이었는데 브랜드 자체는 어지간히 알려진 곳이라 높은 경쟁률을 뚫고 힘들게 입사했다. 초봉은 2,000만 원 후반대였는데 정부 지원을 받아 신입을 뽑고 지원금 보조 기간이 끝나면 갈아치우는 일이 다반사인 회사였다.

게다가 신입이 좀 의욕 있고 능력이 보인다 싶으면 고인물들이 자기 자리를 뺏길까 봐 악착같이 물고 뜯어 놓는 악명 높은 회사라고 했다. 들어가고 싶었던 회사였기에 정부 지원 기간인 1년이 지나고도 2년을 더 버텼지만 나올 때쯤엔 이미 정신이 피폐해진 상태였다.

그 후로 3년이 지났지만 아직까지 밤에 소리를 지르며 분노하다 깨는 야경증에 시달린다고 했다. 지금 다니는 회사도 답답하지만 그래도 이전 회사와 같은 정신적 스트레스는 없기에 참고 다닌다고 한다.

"다른 곳에 갔다가 더 나쁜 곳을 만날까 봐 두려워. 다닐 수 있을 때까지 일단 여길 다녀 보려고. 더 좋은 일을 찾아볼 용기도 여유도 없는 것 같아. 어쨌든 먹고살아야 하니까 그냥 다니는 거지 뭐."

친구가 학창 시절 남들보다 노력을 덜했던 것도 아니다. 배치 고사 1등으로 중학교에 입학해 내내 전교 1등을 하다 특목고에 갔고, 거기서 자신이 하고 싶은 일을 찾아 관련 전공으로는 가장 전통 있는 서울 안 대학에 진학했다. 대학에 가서는 토익 공부를 해서 900점대를 유지하고 취업을 위한 교육과정 이수와 대외활동으로 스펙을 쌓았다. 요즘 대학생들은 1학년 때부터 스펙을 쌓고, 취업을 위해 성적을 잘 받으려고 대학 전공과목 인강을 듣고, 학원 다녀가며 공부한다고 들었다. 그렇게 쉴 틈 없이 달려서 서울에서는 집 한 채 살 수 없는 돈을 가지고 사십 대 중반에 은퇴하는 게 요즘 직장인들이다.

그 사이 모든 물가는 오르는데 특별한 대책 없이 최소 40년을 더 살아야 한다. 지방에 집을 산다고 해도 지방에는 일자리가 적으니 먹고살 길이 막막하다. 고령 인구가 지나치게 많은 역삼각형으로 변하고 있는 대한민국 인구 그래프를 떠올리면 더욱 막막하다.

수입의 20퍼센트 가까이를 국민연금과 세금으로 내지만 내 또래 중 국민연금을 받을 수 있을 거라고 믿는 사람은 아무도 없다. 앞으로 부양할 고령 인구 비중이 점점 높아지는 상황이니 청장년층의 세금 부담도 더 높아지지 않으리라는 보장이 없다.

평생을 쉬지 않고 어른들 말 잘 들으며, 하라는 대로 열심히 살았는데 자칫 삐끗하면 빈곤 노인이 되게 생겼다. 청년 입장에선 답이 없는 세상이다.

나는 이 친구처럼 살아오지 않았기에 그의 고민을 완전히 공감하기는 어렵지만 그 심정이 충분히 이해는 갔다. 미래가 나아질 게 없다는 생각을 하면 삶이 얼마나 답답할까?

나같이 제멋대로 사는 놈은 어느 날 갑자기 부자가 되어도 다들 놀라지 않고, 길거리에 나앉아도 동정하는 사람이 별로 없다. 애초에 어른들 말을 듣지 않았고 정해진 길을 가지 않았기 때문이다. 하지만 시스템 안에서 정해진 길을 잘 밟아 온 사람들은 다르다. 어쩌면 그들은 보물섬으로 모험을 떠나는 삶이 아닌, 물려받은 농지를 잘 가꾸어 때가 되면 곡식을 수확하는 안정적인 삶을 택했기 때문일지도 모른다.

세상에는 나 같은 이상한 놈도 어딘가 쓸데가 있겠지만 내 친구같이 규칙을 잘 따르는 친구들도 꼭 필요하다.

만약 그들이 선택한 안정적인 미래를 얻을 수 없는 세상이라면, 무언가 뿌리부터 잘못된 것이 아닐까? 가령 입시 문제부터 노동시장 구조 문제, 사회적 인식 문제 등 여기에 다 쓰지 못할 수많은 문제 말이다. 어떻게 삶을 개척해 나가든 자신의 일을 사랑할 수 있는 세상이 되었으면 좋겠다는 생각이 든다.

　나 역시 택배 기사로서 내 일을 사랑하지만, 모든 택배 기사가 그런 것은 아니다. 모든 사람이 행복하게 일할 수 있는 세상을 만들어 나가는 데 내 이야기가 조금이라도 보탬이 되었으면 하는 마음이다.

하루 만에
다른 세상을 만나는 법

택배 일을 하면서 자꾸 조급해지는 게 싫었다. 하루치 할당량이 곧 내 벌이이니 배달을 빨리 처리하고 쉬고 싶다는 생각에 자꾸만 발걸음이 빨라지고 마음이 급해져 별일 아닌 고객 전화에도 불쑥 짜증이 났다. 집에 가서 특별히 할 일도 없는데 언제나 쫓기는 심정이었다. 나뿐만 아니라 다른 택배 기사들도 성격이 급해지는 경우를 종종 봤다.

물론 장점도 있다. 택배 기사 중에 살찐 사람을 본 적이 있는가? 아마 어지간해선 없을 거다. 몸을 부지런히 움직이니 살이 붙지 않는다는 점은 큰 장점이다. 옛날 어른들이 뱃살을 인덕이라 한 데는 나름의 이유가 있다. 사람이 너무 여유가 없으면 살이 찔 수가 없다. 나 역시 택배 일을 하며 보통 체격이던 몸에 지방과 근육이 쑥쑥 빠져나가 인생 최저 몸무게를 찍었다.

어느 날 거울을 보니 볼이 잇몸에 달라붙을 정도로 움푹 패어 있었다. 마음에 여유가 없어지고 몸은 빨라지니 살이 쑥쑥 빠졌던 것이다.

살이 빠질수록 내 고민도 깊어졌다. 몸이 빨라지는 건 어쩔 수 없지만, 고객 응대만이라도 여유롭게 할 수는 없을까? 내가 택배 일을 하기 전, 다른 택배 기사를 보면서도 그런 아쉬움을 느꼈었다. 고객과 택배 때문에 통화를 할 때 퉁명스러운 목소리로 쏘아붙이듯 말하는 기사님을 간혹 접했다. 일이 얼마나 힘들면 얼굴 한번 본 적 없는 사이에 말을 저렇게 할까 하고 의아했었다.

택배 일을 시작하면서 절대 그러지 않겠다고 결심했다. 하지만 나도 일을 해 보니 퉁명스러운 목소리의 기사님 심정이 조금은 이해가 되었다. 매일매일 화물차 한 대를 꽉 채우는 어마어마한 물량을 소화해야 하는데, 쉬는 시간도 밥 먹는 시간도 알아서 확보하지 않으면 쉬지도 못하고 굶게 된다. 몹시 예민해질 수밖에 없다.

제때 밥을 먹는다고 해도 천국 같은 김밥을 파는 곳에서 주문한 김치찌개 정도로 짜고 혈당 높아지는 메뉴를 부실하게 먹으니 금방 다시 배가 고파진다. 그리고 언제나 운전 중이거나 짐을 들고 이동 중이니 울리는 전화벨 소리가 반가울 수가 없다.

더군다나 택배 기사가 받는 전화 중 가장 순한 맛이 '물건 언제 오냐, 몇 시에 오냐' 혹은 '물건이 올 때쯤 집에 없을 것 같은데 어디 어디 놔 달라 혹은 경비실에 맡겨 달라'라는 내용이다. 매운맛은 잔뜩 화가 나 있거나 불안에 떨고 있는 고객의 전화다. 게다가 그 내용은 '배송 완료라는 문자를 받았는데 물건이 없다'는 택배 기사 입장에선 듣기만 해도 심장이 덜컥 떨어져 지하 세계로 고속 주행하는 소리다. 배고프고, 바쁘고, 이동 중인 상황에서 그런 전화를 받으면 아무리 느긋한 사람이라도 물구나무를 선 것처럼 피가 머리로 쏠리기 마련이다.

나 역시 그랬다. '좋은 목소리로 전화를 받아야지. 조급해 하지 말아야지.' 일을 시작하면서 하루에 수십 번 결심

해도 밝은 목소리가 나오지 않았다. 그러던 어느 날 운전하며 생각했다.

'음⋯⋯ 물건을 못 찾겠다는 전화에 초조해지는 이유는 근본적으로 그 물건값을 물어줘야 할 수도 있기 때문이잖아? 최악의 경우, 물건을 본인이 받아 놓고도 보상을 받으려 잃어버린 척하는 일도 있고 말이야. 그런데 그런 일은 극히 드물잖아. 고객 대부분은 물건을 찾고 싶다는 마음으로 전화를 하는 거야. 도움을 요청하는 전화지.'

그러고 보니 나는 항상 '택배를 못 찾겠다'는 전화에 대해 조급한 감정을 가졌다. '내가 내 일을 제대로 해내지 못했다. 내 배달이 완벽하지 않았기 때문에 이런 항의 전화가 오는 거다' 혹은 '나는 늘 두던 곳에 제대로 두었는데, 내 일은 제대로 처리가 되었는데 너무 억울하다.'

즉 택배를 못 찾겠다는 말을 내 업무의 완성도를 지적하는 전화로 받아들이고 있었다.

하지만 생각해 보면, 택배 기사가 아무리 꼼꼼히 세부 사항을 체크해서 배달을 한다고 해도 고객이 직접 받지 않는 이상 완벽한 배달이란 불가능하다. 요즘 같은 비대면 시대에는 고객이 집에 있어도 일부러 비대면 배송을 요청하는 일이 많아서 택배를 직접 받는 고객이 더 드물다.

문 앞에 얌전히 놔둔다고 해도 지나가는 사람이 뛰어내려가다 발로 찰 수도 있다. 고객이 특정 장소에 놔 달라고 했는데 이웃이 보고는 '왜 여기다 이걸 놔둬?' 하면서 옮겨둘 수도 있다. 혹은 가족이 먼저 집에 들여놓고 말을 하지 않아 못 찾는 경우도 있다. 어르신들은 배송 예정 문자를 받으면 배송 완료 문자인 줄 알고 오전부터 택배가 안 왔다는 전화를 주시기도 한다. 이 외에도 택배를 못 찾는 데는 수백 가지 변수가 존재한다.

이렇게 생각해 보니 고객의 전화는 내 업무에 대한 지적도 아니요, 서로의 잘잘못을 따지자는 시비도 아니었다. 그저 받아야 할 물건이 보이지 않아 도움을 요청하는 전화일 뿐이었다. 그리고 이런 도움 요청에 그 물건을 배달한 기사의 말이 가장 큰 도움이 되는 것도 사실이다.

대부분 "현관문에 걸린 우유 주머니에 넣어 달라 하셔서 그곳에 두었습니다"라고 하면 "아, 맞다. 작은 귀금속이라 거기에다 넣어 달라 했네요. 제가 그걸 잊고 늘 있던 문 앞에 택배가 없어서 당황했어요" 하는 식으로 쉽게 해결되었다.

물건을 잃어버렸다는 고객의 전화는 간절히 도움을 요청하는 전화다. 화가 난 목소리라면 너무나 불안해 마음이 급해 그렇다. 이렇게 '고객의 전화'에 대한 나만의 정의를 아예 새로 세우고 나니 고객의 전화가 두렵지도 않고, 화가 나지도 않았다.

버럭버럭 화를 내는 고객에게도 '내가 도와드린다'는 마음으로 차분히, 최대한 친절히 응대하게 되었다. 택배를 시작하고 6개월이 지났을 때는 오히려 고객이 전화를 안 주니까 살짝 심심하다는 생각이 들 정도였다.

"희우는 부처구나. 어떻게 그렇게 친절하게 전화를 받는 거야?"

"그러게 부처네, 부처."

어느 날 동료들이 내 전화 받는 태도를 보더니 신기해했다. 어떻게 그렇게 살갑게 받을 수 있냐는 것이다. 부처되는 일이 이렇게 쉬웠다니. 마음가짐을 바꾼 것뿐인데 말이다. 문득 얼마 전에 초조해하며 스트레스받던 나의 모습이 떠올라 피식 웃음이 나왔다.

직장인과 택배 기사의
사람 스트레스

"직장은 일 때문에 힘든 게 아니라, 인간관계 때문에 힘든 거야."

내게는 직장생활을 정말 열심히 하는 친구가 있다. 일도 그렇지만 인간관계도 정말 최선을 다하는 친구다. 막내 시절에는 여름이 되면 스스로 근무 시작 시간보다 먼저 나와 에어컨 필터를 청소하고, 겨울에도 일찍 출근해미리 눈을 치워 두었다. 수많은 신입들을 괴롭혀서 내보내고 그 문제로 회사에서 징계까지 받았던 사람을 직속상사로 만났지만 기꺼이 욕받이가 되고, 상사의 실수를 덮어쓰기도 했고, 끝내 그에게까지 '너만 한 직원이 없다'는 인정을 받아냈다. 온갖 모욕과 억압을 힘겹게 이겨 냈는데 이제는 반대로 신입 때문에 힘들다고 친구가 말했다.

"신입을 호되게 잡아야 한다. 그것도 너의 일이다."

직속 상사가 이렇게 지시했기 때문이다. 하지만 친구가 보기엔 현실적으로 불가능해 보였다. 신입들은 2000년대생들로 회사의 위계 문화에 대한 거부감이 심하고 그런 방식이 통하는 세대가 아니라고 생각했기 때문이다. 그래서 친구는 상사의 지시 중 쳐낼 것은 쳐내고 본인도 납득하는 업무 관련한 부분만 부드럽게 전달했다. 하지만 아무리 부드럽게 상황 설명과 함께 지시를 해도 신입은 들으려 하지 않는다고 했다.

"네? 왜요?"

이미 상황 설명을 다 했는데도 신입 중 한 명은 눈을 똑바로 뜨고 이렇게 되묻는다고 했다.

"정말 '라떼는'이라는 말만큼은 하고 싶지 않은데 내가 신입이던 시절과는 완전 다른 친구들이야. 어느 순간 내가 상사처럼 화를 내고 있더라고. 내가 싫어하는 부분을 닮아가는 것 같아서 너무 괴로워."

깊은 한숨을 쉬다가 친구는 택배차를 모는 게 많이 어렵냐는 생뚱맞은 질문을 했다.

"나도 택배든 뭐든 사무직이 아닌 몸 쓰는 일 하고 싶어. 몸은 힘들어도 사람 때문에 스트레스받을 일이 없어서 좋을 것 같아."

친구의 말에 나는 조용히 고개를 저었다.

사실 택배 기사의 퇴사 이유 1순위도 고객이나 동료와의 불화, 갑질 피해 등의 '사람 문제'다. 택배 기사한테 고객이 어디 있냐고 할 수도 있겠지만 택배를 보내고 받는 모두가 고객이다. 물론 이런 의문을 가질 수는 있다.

'그래도 택배는 요즘 다 비대면으로 받으니 고객 마주할 일도 없지 않나?'

'혼자 일하니 사무직 같은 감정노동은 안 해도 되잖아.'

맞는 말이다. 하지만 택배 기사에게는 택배 기사 나름대로의 감정노동이 있으며, 거기에서 오는 괴로움은 사무직이 겪는 것과는 또 다른 종류의 괴로움이다. 직장 상사는 한두 명이지만, 택배 기사가 하루에 택배를 전달하는 사람은 수백 명이기 때문이다. 택배 기사가 나르는 상자하나에는 택배를 포장한 사람, 해당 물건을 수거하는 기사, 중간에서 처리하는 인력, 고객에게 배달하는 기사 등이 엮여 있다. 그리고 그 모든 과정에 문제가 없었는지 판단하는 사람은 마지막에 상자를 받는 고객이다.

배송 상품에 대한 항의를 제일 먼저 정면으로 듣는 사람은 택배 기사다. 그래서 택배 기사는 모두 각자의 '작은 콜센터'를 운영해야 한다.

지금까지 살면서 택배 기사에게 전화를 걸었던 기억을 떠올려 보자. 나 역시 배송 관련 문제로 택배 기사에게 전화를 건 적이 있으며, 우리 집 담당 기사님 전화번호가 내 휴대폰에 저장돼 있었다. 고객 개개인 입장에서는 간혹 있는 일이지만 매일 수백 명의 택배를 관리하는 택배 기사는 하루에도 수많은 전화를 받는다.

배송 시간 문의나 택배 분실에 대한 전화는 앞의 글에서 이야기했듯이 일이 익숙해지며, 또는 문제 해결법을 찾아 스트레스를 줄일 수 있었다. 하지만 고객을 응대하는 과정에서 간혹 일어나는 '감정' 문제는 아무리 일이 손에 익는다고 해도 익숙해지지 않고 공통의 해결법을 찾기도 힘들어 기사들을 아프게 한다. 정신적 노동에서 오는 고통은 육체노동에서 오는 피로와는 비교할 수 없다. 물론 나쁜 일만 겪는 것은 아니다.

"오늘 가 봤더니 이런 게 있네요!"

택배 기사들 단체 채팅방에는 이렇게 무심히 자랑하는 글과 함께 고객에게 받은 쪽지와 음료 인증 사진이 가끔 올라온다. 대부분 사오십 대 아저씨인 기사님들이 감사 쪽지를 받고 솟아오르는 입꼬리를 감추지 못하고 찰칵찰칵 인증샷을 찍는 광경이 떠올라 귀엽게 느껴진다. 하지만 안타깝게도 단톡방에 가장 많이 올라오는 얘기는 이런 좋은 내용이 아니다. 가장 많은 것은 '진상 고객 때문에 감정 상한 이야기'다.

"택배 기사나 하는 주제에⋯⋯."

"당신이 그러니까 택배나 하지."

이런 식의 밑도 끝도 없는 인신공격은 차라리 낫다. 저런 말을 뱉는 행동 자체가 그 사람의 격을 낮추기 때문에 오히려 타격을 덜 준다고 할 수 있다.

정말 힘든 것은 일 처리와 관련해 아주 작은 문제를 하나 잡고 사사건건 트집을 부리거나, 기사의 능력 문제로 몰아가는 태도다.

직장인들 역시 상사가 대놓고 인신공격을 하거나 언어폭력을 행사할 때보다 교묘하게 일을 이용해 괴롭힐 때 더 힘들다고 한다. 인신공격이나 언어폭력은 겉으로 티가 나고 신고라도 할 수 있지만 일을 꼬투리 잡아 행하는 괴롭힘은 아주 교묘해서 항의조차 쉽지 않다. 미워하는 사람에게 일부러 티 안 나는 잡무만 줘 놓고 무능한 사람으로 몰아가거나 실수할 때만 기다렸다가 뭐 하나만 잡히면 '그 사람의 능력 문제'로 공론화하는 식으로 아주 교묘하게 이루어진다.

택배 기사 역시 마찬가지다. 고객이 작정하고 일 처리로 트집 잡아 택배 기사를 괴롭히면 여러모로 힘들어진다. 택배는 담당 구역을 한 번 맡고 나면 그곳에 사는 사람이 이사를 가지 않는 이상 계속 그 집에 배달을 해야 한다. 일로 부딪혔던 사람과 계속 엮이는 것은 똑같다. 게다가 고객이 항의하면 택배사는 대부분 고객 편을 들어 주기 때문에 억울한 일이 생길 때도 있다.

그렇다면 개개인의 고객을 직접 상대하지 않고 화주사 (화물 배송을 계약하고 맡긴 거래처) 몇 곳만 상대하는 집화 기사는 감정노동이 적을까? 나도 직접 해 보기 전에는 그런 환상을 가졌던 적이 있다. 하지만 직접 해 보니 나름의

'어려움'이 있었다. 오히려 직장인에 맞먹는 강도의 감정적 학대와 마주할 가능성이 있다.

물건을 실을 때면 화주사 직원이나 사장과 함께 일을 해야 한다. 그런데 그들 중에는 택배·집화 집배점은 '언제든 교체할 수 있는 하청업체'라고 생각하는 사람도 있다.

가끔은 '내 덕에 네가 일할 수 있다'라며 갑질을 서슴지 않거나, 대놓고 리베이트(뺙마진)를 요구하는 화주사도 있어서 스트레스가 만만치 않다.

갑질이라고 하기에는 거창하지만 나도 한 거래처에서 지속적으로 감정이 상하는 경험을 했다. 인사를 받아 주지 않고 반말과 폭언을 하는 식이었다. 그리고 사소한 일로도 무시하면서 사사건건 시비를 걸었다. 한번은 세일 기간 중에 화주사 팀장에게 "이 정도 물량이 언제까지 지속될까요?"라고 물은 적이 있었다. 돌아온 대답은 조금 당황스러웠다.

"허, 참. 본인 전임자가 작년에 해 봤으니 그쪽에 물어야지 왜 나한테 묻는지……"

이런 식으로 은근한 시비를 거는 일이 일상이었다. 짐

을 옮기다 바닥에 있는 상자를 살짝 넘어뜨렸는데 눈을 부릅뜨고 면박을 준다든지, 집화 일을 도와주는 아르바이트 직원이 안 나와 평소보다 상차 시간이 길어지니 사정을 다 알면서도 눈치를 주기도 했다. 몸도 힘들고 정신이 없는데 그런 대접까지 받으면 고통은 두 배가 된다.

몸을 쓰든 머리를 쓰든, 나의 노력으로 돈을 벌어야 하는 자본주의 사회에서 감정노동은 피할 수 없는 일인가? 육체적 고달픔으로 인해 생긴 상처나 피로는 바로 티가 나기 때문에 휴식과 치료를 통해 회복할 수 있다. 그와 달리 감정적인 고통으로 인한 상처는 처음에는 티가 나지 않고 제때 치료받기도 어렵다. 몸이 다쳐 병원에 가는 건 쉬워도 마음이 다쳐 정신과를 찾는 일은 어렵기 때문이다. 그렇다 보니 제때 치료받지 못해 상처가 더 심각해질 수도 있고 심해지면 멀쩡하던 사람이 어느 날 심각한 정신장애를 앓기도 한다.

마음을 혹사당한 사람들은 자책도 많이 한다. 대부분의 사람들은 육체노동을 다 소화하지 못하고 몸이 아프게 되면 '이 일은 내가 못 할 일이다'라고 생각하지, '내가 못나서 이 일을 소화하지 못한다'라고는 생각하지 않는다. 하지만 마음을 혹사당해 아픈 사람들은 '내가 정신적으로 나약해서 겨우 이 정도에 이렇게 고통받는다'라고 자책하기 쉽다.

이 때문에 일터에서 마음을 다쳐 혼자 앓아 본 사람은 '차라리 몸이 힘든 게 낫겠다'며 육체노동하는 직업을 부러워하기도 한다. 하지만 육체적으로 고단한 일이라고 해서 감정적인 고통이 없지는 않다. 그러므로 일터에서 겪는 감정적 고통을 해소하는 방법은 사무직에서 육체노동으로 직종을 바꾸는 것이 아니라 우리부터 그 고리를 끊어 내는 일이다.

불쾌함과 무례함은
집화도 배송도 거부한다

　직장에서의 괴롭힘이 선배에서 후배로 세습되는 것처럼 택배 기사의 괴롭힘도 사람을 통해 이어진다. 놀랍게도 일을 꼬투리 잡아 괴롭히는 악성 고객 중 같은 택배 업계에 종사하는 사람도 있었다. 자신을 괴롭히는 고객들에게 학습한 그대로 상대 택배 기사에게 항의하는 것이다. 어떻게 하면 택배 기사의 서비스 점수가 깎여 커리어에 영향을 주는지 상세하게 알기 때문에 어떤 면에서는 일반 고객보다 더 악랄한 갑질을 할 수도 있음을 보았다.

어느 업계든 권력을 가진 자가 일터에서 행사하는 감정적 학대는 계속해서 퍼지는 고질적인 전염병이다. 전염성도 아주 강하다.

예전 아동학대와 관련된 방송에서 본 내용이 떠올랐다. '아동학대를 당한 사람이 자기 아이에게 아동학대를 가하게 되는 이유 중 하나는 부모 자식 간의 소통 방식을 폭력으로밖에 배우지 못했기 때문이다.'

어느 순간 자신이 상사에게 당했던 것처럼 신입에게 화를 내게 된 친구도 '신입을 이끌어 주는 방법'을 감정적 폭력으로밖에 배우지 못했을 것이라는 생각이 들었다. 그 친구의 상사도 윗사람에게 과거에 그렇게 배웠을 것이다. '일터를 효율적으로 굴러가게 하려면 이런 식으로 호되게 잡아야 한다'고 말이다.

그러나 그것은 상대가 자신에게 일방적으로 복종하고 순응하는 관계를 만들겠다는 말이다. 일방적으로 복종적인 태도를 만들기 위해서는 가혹한 응징과 인격적 모독이 반복되어야 한다고 말한다. 그것이 반복되면 당하는 사람은 조금씩 작아진다. 눈빛에 총기가 없어지고 자존감이 낮아지며 자신의 중요한 한 부분을 포기하게 된다는 말이다. 그리고 마침내 당하는 사람은 자신의 감정을 도려낸 '일터의 부품'이자 자신이 당했던 감정적 폭력을 다음 사람에게 전할 바이러스 숙주가 되고 만다.

하지만 나는 묻고 싶다. 일터에 그러한 갑질, 감정적인 폭력이 꼭 존재해야 할까?

"싫으면 그만둬. 너 말고도 할 사람은 많아."
일터에서 갑질하는 자가 타인의 생존권을 손에 쥐고 억압할 때 하는 말이다. 그러나 이 말은 우리가 매일 일터에서 만나는 '사람'을 '언제든 대체할 수 있는 노동력'으로만 취급하는 것이나 다름없다. 그리고 그런 가치관이 바탕이 되어 일어나는 감정적 학대는 당하는 사람의 마음에 지울 수 없는 상처를 남기기도 한다.
우리의 일터가 고통스러운 감정 학대의 공간이 되지 않으려면 누군가는 그 고리를 끊어야 한다. 그러기 위해서는 일터에서 만나는 사람을 '사람'으로 봐야 한다. 나와 똑같이 살아 숨 쉬고 상처받는 사람으로 봐야 한다. 직장 내 괴롭힘은 학교폭력과 마찬가지로 한 사람의 영혼을 상처 입히는 범죄다. 요즘은 학교폭력에 대한 인식이 많이 달라져 심각한 범죄로 여기는 분위기가 되었다.

직장 내 괴롭힘도 언젠가는 학교폭력처럼 범죄로 인식하는 날이 올 것이다. 요즘 젊은 세대는 위계를 가장한 정서적 폭력을 참지 않는다. 스스로를 위해서라도 그 고리를 답습하지 않고 끊어 내야 한다.

학교의 교사들, 콜센터, 아파트 경비실, 심지어 공무원 조직에서까지 안타까운 사건들이 있어 왔다. 그러나 극단적인 소식이 있을 때만 해당 사건이 일어난 조직을 주목해서는 안 된다. 우리가 직접 끊어 낼 수 있는 감정적 학대의 고리는 매일 지나치는 편의점 안에도, 카드사에서 걸려 오는 전화 속에도 있다. 우리가 모르는 누군가의 절박한 구조 신호는 매일 무심코 지나치던 일상적인 공간 안에 있을지도 모른다.

작은 실수는 관대하게 넘어가는 태도, 따뜻한 말 한마디와 같은 아주 작은 행동이 고리를 끊는 첫걸음이자 누군가의 인생을 살리는 동아줄이 될지도 모른다.

5부

다른 시선으로 세상을 보게 되다

이십 대 청년 고독사는
개인의 문제일까

택배 일을 시작한 뒤 휴대폰을 들여다볼 시간이 없어 뉴스도 안 보게 됐다. 자연스레 부정적인 소식과 멀어져 좋은 점도 있었지만, 세상이 어떻게 돌아가는지 나만 모르는 것 같은 느낌에 휩싸일 때가 종종 있었다. 친구라고 하기에는 멀고 지인이라고 하기에는 가까운 T가 세상을 떠났다는 소식을 들었을 때도 그랬다.

"일요일에 와서 좀 도와주면 안 될까. 다들 와서 돕긴 하겠지만 옮겨야 할 가전제품 같은 게 있을 것 같아서."

친구가 전화한 목적은 T의 죽음을 알린다기보다는 죽

음으로 파생된 몇 가지 곤란한 일을 해결하기 위한 도움 요청에 가까웠다. 그가 살던 자취방의 가구나 가전제품을 갖다 버려야 하는데 힘쓸 사람이 부족하다는 것이었다. 강원도 끝자락 어느 시골 마을에 살다가 대학 입학과 함께 홀로 상경한 T에게는 연락이 닿는 가족이 없다고 했다.

사실 나는 T를 술자리에서 친구의 친구로 한두 번 본 게 다였다. 이름을 들으면 '아, 그런 녀석이 있었지' 하고 어렴풋이 그의 얼굴 비슷한 것을 떠올릴 수 있는 정도였다. 이목구비가 어떻게 생겼는지 머리 모양이 어땠는지 디테일을 말해 보라면 단 한마디도 할 수 없을 터였다.

그래도 얼굴과 이름을 아는 내 또래가 죽었다는 사실은 상당한 충격이었다. 전화를 받고는 가슴께가 무거워지며 숨이 턱 막혔다.

"어쩌다 갑자기 그렇게 된 거야? 교통사고?"

T가 죽었다는 사실과 필요한 도움만 알리는 친구에게 나는 눈치 없이 되물었다. 얼굴은 자세히 기억나지 않지만 특유의 활발한 분위기와 에너지는 생생히 떠올랐기 때문이다. 말하자면 생명력이 충만한 친구였다. 무슨 말을

해도 주변 사람들이 배를 잡고 웃고, 분위기를 띄웠다. 우연히 겹쳤던 그 술자리에서 죽음이라는 단어와 가장 먼 사람을 한 명 고르라면 T를 골랐을 것이다.

"자살."

친구의 짧은 답에 나는 할 말을 잃었다. 밝았던 T에게 대체 무슨 사연이 있었기에……. 이야기를 더 들어 보니 딱하기 짝이 없었다. 연고자를 찾을 수 없어 장례도 제대로 치르지 못했다고 했다. 살던 집을 정리하는 등의 일을 친구들이 돈과 힘을 모아 해야 할 상황이었다.

"일요일에 짐 옮기는 거 말고도 도울 일 있으면 말해."

이건 T와 십 년 넘게 알고 지낸 내 친구에게 내가 건넬 수 있는 유일한 위로였다. 며칠 뒤 약속한 일요일이 되기도 전에 친구에게 전화가 왔다.

"안 와도 될 거 같아. 내가 먼저 가서 보고 왔는데, 생각보다 짐이 적더라. 옮길 만한 건 텔레비전 하나가 다인데 내가 들 수 있을 것 같아. 가구는 이케아 옷장 비슷한 것뿐이더라."

"그래도 옷장이면 무겁지 않아? 가서 도울게."

"조립식이라. 분해해서 옮기면 돼. 아무래도 네가 모르는 친구들도 많을 것 같고 애들 상태가 좀……. 여자애고 남자애고 길 가다가 갑자기 울고 그래서. 어쨌든 선뜻 돕겠다고 말해 줘서 고맙다."

다행히 T의 이모와 어렵게 연락이 닿아 서울로 오고 계시는 상황이라고, 친구가 애써 밝은 목소리로 이야기했다. 그제야 마음이 놓였는지 이런저런 얘기를 늘어놓았다.

"사실 T가 두 달 전에 일을 그만뒀어."
T는 어느 회사에서 계약직으로 근무했었다.

'인턴으로 시작해 지금은 계약직이지만 2년을 채우면 무조건 정규직을 시켜 주기로 했다, 복지가 좋다'라고 기쁜 목소리로 얘기하던 모습이 어렴풋이 생각났다. 그런데 그해 봄, 코로나19로 매출이 감소하면서 비정규직 대부분이 계약 종료와 함께 회사를 나와야 했다.

T는 계약 기간이 끝나지는 않았지만 몇 달 있으면 1년을 채우는 상황이었는데, 회사에서 스스로 나가라는 식으로 압박한다고 술자리에서 자주 괴로움을 토로했다고 했다. 일자리를 원하는 사람은 너무나 많고 사람을 구하는 회사는 너무나 적었던 2021년 봄, T는 결국 비정규직임에도 꼬박꼬박 '우리 회사'라 부르며 애정을 갖고 일하던 그

회사를 스스로 나왔다.

"T는 일자리 구하려고 계속 노력했어. 당장 일을 시작해야 하는데 괜찮은 자리가 없다고 힘들다고 하더라고. 박봉에 모아 둔 돈도 없는데 매달 월세가 50만 원 넘게 나가니 급하게 당장 취업되는 어떤 회사에 들어갔대. 그런데 알고 보니 신입들이 일주일도 못 버티고 정신적으로 힘들어서 나오는 이상한 회사였다나 봐."

결국 다시 구한 일마저 그만둔 T는 매달 월세를 내기도 힘들어졌다. 죽기 전 한 달 동안은 작정이라도 한 듯 카드 대출로 돈을 쓰기 시작했다. 그렇다고 T가 큰 사치를 부린 것은 아니다. 이틀에 한 번꼴로 주문하던 배달 음식과 편의점 소주값이 그가 쓴 비용의 대부분을 차지했다.

마침내 T가 세상을 떠났을 때 남은 것은 쫓겨나듯 나온 직장에서 1년을 채웠더라면 받았을 퇴직금과 놀라우리만큼 비슷한 금액의 카드빚이었다.

유서에는 자취방 보증금으로 카드값을 갚고, 시신처리도 해 달라고 쓰여 있었다. 폐만 끼쳐서 미안하다는 말과 함께.

T를 함께 알던 친구들 중에는 T의 행동이 안일했고, 무책임하다고 말하는 친구도 있었다. 그 친구는 나보다 T를 훨씬 더 깊게 알던 친구라 아마 아끼는 이들을 두고 먼저 간 T에게 너무 서운해서 그런 말을 했던 것 같았다. 나는 그 어떤 말도 함부로 할 수 없었지만 한동안 약간 울적한 상태로 지냈다.

택배 일을 시작하기 전, 택배차를 사겠다고 커피 로스팅 아르바이트를 하던 시절이 떠올랐다. 그 아르바이트 자리도 엄청난 경쟁률을 자랑했지만 월급이 쥐꼬리라 돈을 모으기는커녕 생활비를 쓰고 나면 남는 게 없었다. 만약에 통장에 20만 원 겨우 있던 상황에서 택배차를 살 돈을 어디서도 빌리지 못했다면, 서울에 함께 지낼 수 있는 가족이 없었다면, 나는 어쩌면 재기는커녕 지금까지 긴 터널을 걷고 있을지도 모른다.

나는 돈을 잃은 후 대인기피와 공황장애에 시달리던 시절에도 의탁할 부모님의 집이 있었고, 모아 놓은 돈도 2,000만 원가량 남아 있었다. 그래서 죽을 것처럼 힘들어도 죽지는 않았고 세상에 다시 나올 기회도 얻을 수 있었다. 하지만 T에게는 무엇이 있었을까. 그가 얼마나 힘들었을지 상상도 되지 않았다.

"힘들면 육체노동이라도 해서 돈 벌고, 다시 시작하면 되잖아."

이렇게 말하는 사람들도 있을지 모르겠다. 하지만 그게 결코 쉬운 일이 아니라는 건 그 사람이 아니면 알 수 없는 일이다. 나만 해도 체력과 운동신경만큼은 자신이 있어 '육체노동을 해야겠다'는 결심을 할 수 있었다. 체질 자체가 연약하고 사무직 일만 했던 사람이라면 그런 결심 자체가 불가능할 수도 있을 것 같다.

T의 사건 이후 봇물 터지듯 비보가 이어졌다. 직접 아는 사람은 아니지만 주변 사람이 알던 사람이나 친구가 죽었다는 소식이 들렸다. 그들 전부가 나와 몇 살 차이 나지 않는 이삼십 대였다. 그중에는 내가 배송하던 구역에서 벌어진 방화 사건도 있었다. 소방차가 7대나 출동하는 큰 사건이었다. 구체적인 이유는 지금까지도 정확히 알 수 없지만 몇몇 동네 주민들 이야기로는 젊은 여성이 스스로 자신의 반지하 방에 번개탄을 피웠고, 그 방은 물론 빌라 위층까지 태우며 불길이 삽시간에 번졌다고 한다.

기사를 찾아보니 실제로 코로나19 이후 고용시장이 얼어붙고 대인관계가 어려워지며 청년 자살률이 급증했다는 보도가 많았다. 그 봄을 떠올리면 아직도 마음 한편이 아려온다. 마음이 아픈 이유에는 연민도 있지만 '나였다면?' 하는 두려움도 있었다.

코로나19가 한창이던 그해 봄에 직간접적으로 접했던 부고들은 결코 타인의 이야기가 아니었다. 그 죽음들은 내게 비교할 수 없을 정도로 생생하고 또 아프게 다가왔다. 나와 직접적인 연관이 있는 가족이나 친한 친구의 죽음이 아니었어도 그토록 괴로웠는데, 그 죽음의 바로 곁에 있던 이들은 얼마나 아팠을까.

그 계절을 지나며 나는 진심으로 외로운 죽음 없는 따뜻한 세상을 염원했다. 그래봐야 이미 죽은 이들이 돌아올 수는 없겠지만 앞으로 사회에 나올 다음 세대 청년들은 지금보다 조금 더 나은 세상을 살길 바란다. 이미 세상을 등진 이들에게는 진정한 안식이 있기를, 다음 생이라는 게 있다면 평온한 삶을 살기를 기도하는 마음이다.

사랑받지 못한
사람들의 특징

휴대폰만 갖고 있으면 누구나 자신을 알리고 인플루언서도 될 수 있는 시대다. 나같이 특별할 것 없는 사람이 오히려 더 드물어 보일 정도다. 근사하게 돋보이는 것, 눈에 띄고 시끄러운 것이 도처에 널려 있어 그게 평균으로 보일 때가 있다.

얼마 전에 SNS에서 이런 내용을 봤다. "너는 특별하니까 뭐든지 할 수 있어"라는 말은 오히려 아이들의 용기를 제한한다는 글이었다. 오히려 "아무도 너에게 관심을 가지지 않으니, 무엇이든 네가 하고 싶은 일을 자유롭게 하렴" 하고 말해 주는 편이 훨씬 낫다고 했다.

　꼭 '너는 특별해'라는 말이 아니더라도 우리는 모두 양육자의 기대를 받으며 자랐다. 그러나 기대에 못 미쳤을 때 양육자의 반응이 냉소에 가깝고, 그런 경험이 반복되면 '나는 아무것도 아니고, 아무 가치도 없어' 하는 식의 두려움을 마주하게 된다. 이때 생겨난 일종의 트라우마는 인격이 형성되고 있는 아이들에게 부작용을 유발하는 씨앗이 되기도 한다. 사랑과 관심은 아이에게 생존과 연결된 문제다. 그런데 양육자의 사랑이 '조건부'로 느껴지면 아이들은 무의식중에 이런 생각을 가질 수도 있다.

　'특별해야만, 우월해야만 사랑받을 수 있다.'

　아이들의 머릿속에 이런 생각이 한번 박히면 부모 외 다른 사람들을 대할 때도 인정받기 위해 노력한다. 신체적 매력, 특정한 말투 또는 관심을 끌 만한 행동에 집중하고 관심과 인정을 받으려 애쓴다. 반복되면 습관이 될 수 있다. 그리고 그 습관은 무의식중에 자신을 항상 타인의 시선 앞에 앉혀 놓는 형태로 내재된다. 실제로는 존재하지 않는 시선을 끊임없이 의식하고 인정받기 위해 발버둥

치게 된다. 즉 타인의 시선으로 자신을 재단하고 스스로 소중하게 여기지 못하게 된다.

특히 어릴 때부터 대중의 관심을 과하게 받았던 사람들의 경우 그 경향이 더 뚜렷이 보이는 것 같다.

"사랑을 못 받는 나는 필요 없는 사람이야."

대중의 사랑을 못 받는다고 느끼면 스스로 필요 없는 사람이라고 자책하고 고통받는다. 항상 예쁘거나 완벽해야 한다는, 혹은 모든 욕망을 억누르며 괜찮은 사람인 척해야 한다는 강박에 사로잡힌다. 이는 엄청난 피로감을 준다.

이런 생각이 주는 불안은 한 사람의 마음이 감당할 수 있는 수준이 아닐지도 모른다는 생각이 든다.

늘 긴장감과 불안에 사로잡혀 생활 패턴이 무너지고 만성적인 불면을 겪다가 한층 발전되면 공황장애가 올 수도 있고 심하면 연극성 인격장애가 오기도 한다. 그 끝엔 '내가 죽으면 얼마나 힘들었는지 이해해 줄까?' 이런 생각이 싹틀 수 있다.

언젠가 〈좋은 생각〉이라는 월간지에서 이런 글을 본 적이 있다.

"사랑은 그 아이가 못나 보일 때 더욱 살피고 보듬어 주는 것 아닐까? 그런 사랑을 받지 못하고 자란 사람은 자기의 내면적 가치를 믿지 못하므로 자기의 외적 가치를 증명하는 데 목을 매며 평생을 소모하는 반면 아이가 약점을 보이고 실패할 때 부모가 그대로 받아 주고 믿어 주면 아이는 자연스럽게 자신을 받아들인다.

아이는 자신을 한결같이 믿어 주는 부모 앞에서 안정감을 느끼고 꽃을 피우듯 마음을 피워낸다. 그래서 비로소 한 인간, 특별하지는 않아도 스스로에게만큼은 유일하고 중요한 사람이 되는 것이다."

'누구나 특별하고 소중하다.'

나는 이 말이 누구나 있는 그대로여서 특별하고 소중하다고 말하는 것처럼 느껴진다. 있는 그대로의 나를 인정하고 사랑한다면 자신이 진정 무엇을 원하는지 알 수 있지 않을까 생각해 보았다. 다른 이들의 관심이나 사랑을 받기 위해 '내가 원하는 것'처럼 보이는 일이 아니라, 정말 내가 원하는 일을 찾을 수 있지 않을까?

한때 '나는 특별한 사람'이라는 생각에 나도 모르게 도취되었던 적이 있었던 것 같다. 다른 친구들은 한창 공부하고 있을 때 적지 않은 돈을 벌고 대표님 소리도 들었으니 스스로 아무리 경계를 해도 어쩔 수 없는 부분이 있었다고 생각한다.

내가 하는 선택에 대한 믿음, 내가 가는 길에 대한 믿음. 물론 자신을 향한 신뢰에는 분명 긍정적인 부분이 있다. 하지만 나 같은 경우 '나는 소중한 사람'이라는 스스로를 사랑하는 마음이 아닌 '나만 특별한 사람'이라는 교만에 도취되었다. 그래서 무언가 잘못되었을 때 잠시 멈춰섰다 유연하게 다른 방향으로 길을 트는 회복 탄력성이 부족하지 않았나 하는 생각이 든다.

택배 일은 나에게 '나만 특별한 사람이 아니라는 것을 인정하는 과정'이었다.

매일 정해진 구역에서 반복되는 단순 업무는 내 내면을 더 단단하게 했다. 그러면서 마음에 조금씩 여유가 차오르기 시작했던 것 같다. 지금 내가 누리는 생활과 건강, 감사함을 느낄 수 있는 마음의 여유가 행복이라는 사실을 알게 되었다. 다른 사람도 나처럼 스스로 소중한 사람이라고 생각하고 감사하는 삶을 살아갔으면 하는 생각을 하게 되었다.

땀을 흘린 만큼 돈이 들어오는 정직하고 투명한 일, 나쁜 생각이 끼어들 틈도 없이 끊임없이 몸을 움직여야 하는 일이 택배였다. 하루치 일을 무사히 마치고 안도감과 작은 성취감을 느끼고, 고객들의 감사 문자와 통장에 찍히는 숫자가 점점 늘어갔다. 그러는 사이 한동안 잃어버렸던 내 삶을 새로 시작할 용기를 얻을 수 있었다.

나는 남들처럼 특별하지 않아도 특별했다.

아유, 참 택배할 것같이
안 생겼네

인상이 좋다는 말을 자주 듣는다. 우리나라 남자들은 다 자기가 잘생겼거나, 훈훈하거나 최소한 보통은 되는 줄 안다는 우스갯소리를 어디에선가 들은 적이 있다. 나는 철저히 자기 객관화를 하려 노력하고 있다. 내 친구들 말을 빌리면 남자들은 워낙 꾸미는 사람이 없어서 키가 크고 피부만 깨끗해도 잘생겼다는 소리를 쉽게 듣는다고 한다. 내가 봐도 그렇다.

내 입으로 말하긴 부끄럽지만 나는 키가 작지 않은 편이고 피부에 잡티가 없다 보니 정말 평범한데도 인상 좋다는 소리를 종종 듣곤 한다. 여드름이 나고 안경을 꼈던 어릴 때는 한 번도 인상 좋다는 소리를 들어 본 적이 없다. 여자에게도 인기가 없었고, 이성 교제 경험도 없었다.

그런데 성인이 되고 피부가 깨끗해지고 안경을 벗자 카페 아르바이트를 하면서 누가 줬는지 모를 고백 쪽지를 받는다거나, 스피닝 강사를 할 때 이십 대 회원들에게 고백을 받는 등의 기적 같은 일들이 생겨났다. 고맙게도 좋은 여자 친구와 행복한 연애도 한때 할 수 있었다. 인생은 알다가도 모를 일이다.

택배를 하면서도 고마운 호의를 많이 받았다. 동년배로 보여 친근함을 느낀 건지 음료수와 간식을 건네는 학생들이 있었고, 학교 밖 일반 가정집에서도 택배를 배달할 때 덕담을 해 주시는 좋은 분들이 있었다. 그런데 유독 한 분이 볼 때마다 하시던 말씀이 마음속에 남았다.

"아유, 참 택배할 것같이 안 생겼네. 부업이야?"

기분이 좋다가도 '이게 맞나?'라는 생각이 드는 말이었다. 이게 칭찬이라면 내 직업에 대한 비하가 되는 것이라는 생각과 동시에 너무 예민하게 받아들이나 싶기도 했다. 여하튼 복잡한 내적 갈등을 일으키는 칭찬이었는데 택배를 하면서 한 아주머니에게 그 말을 자주 들었다.

심지어 택배 동료 중에서도 이렇게 말하는 사람이 있었다.

"돈이 급해서 잠깐 하는 거지? 평생 할 건 아니지?"

처음 들었을 때는 내가 이십 대고 나이가 어려서 그러시나 보다 했는데, 이런 말이 몇 번 반복되니 조금 당황스러웠다. 내 고민을 들은 친구가 별거 아니라는 듯 말했다.

"그냥 호의로 하는 얘기잖아. 그러면 잘생긴 의사한테 의사 안 할 것 같이 생겼다고 해도 비하냐? 택배 기사들이 보통 연령대가 높고 밖에서 일하다 보니 피부가 햇빛에 노출되잖아. 그러니 피부가 뽀얀 사람이 드문 건 사실이고, 그냥 칭찬으로 말했을 거야."

듣고 보니 맞는 말이었다. 이참에 차라리 택배 기사에 대한 이미지를 바꿔 보아야겠다는 생각이 들었다. 내가 웃는 모습으로 더 열심히 일해서 '택배 기사들은 정말 밝게 자신의 일에 최선을 다하는 사람들이구나' 하는 인식을 심어 주자. 혹시나 "택배할 것 같이 안 생겼네"라는 말을 들으면 당당하게 말씀드리자. "저 택배 잘하게 생기지 않았어요?"라고. 그렇게 생각하니 마음이 한결 편해졌다.

택배 기사가 본 직업의 귀천

전화로 화를 냈던 고객 중 가장 기억에 남는 사람은 택배를 못 찾았다던 어느 교수님이었다. 연구실로 택배를 배달했던 기억이 선명했기에 설명 드렸는데 자기는 못 봤다면서 버럭버럭 화를 냈다. 이미 대학교를 벗어나서 배달을 마치고 갈 수 있는 시간을 조심스레 말씀드렸다. 그럼에도 화를 내며 인격모독의 말을 쏟아냈다.

"그러니까 택배 기사 따위나 하지!"

이런 말에는 나도 화를 내야겠다는 충동이 불쑥 들면서도 놀라움이 커서 말을 잇지 못했다. 교수라는 직업을 가질 정도면 많이 배우고 교양 있는 사람일 텐데 어떻게 저렇게 말을 할까? 물론 나는 세상이 공평하다거나 직업에 귀천이 없다는 말은 믿지 않는다.

강남 8학군에서 초등학교에 다닐 때부터 선생님들은 어린아이들을 앞에 두고는 이렇게 말씀하셨다.

"너희 부모님은 모두 훌륭한 분들이다. 엇나가지 말고 딱 이대로만 자라면 너희는 그것만으로도 성공이다."

어떤 선생님은 아이들 사는 아파트의 등급, 부모님의 직업을 가지고 대놓고 차별했다. 어린 나이에도 그런 선생님들의 태도는 경박하게 느껴졌다. 더군다나 어릴 때는 책을 읽지도 않았고, 공부도 못하는 데다 친구들과 뛰어다니기만 했으니 선생님과 친해지기도 어려웠다. 그중에서도 한 선생님이 유독 나를 '학급 물을 흐리는 반동분자'로 점찍어 문제만 있으면 아이들 앞에 세우고 면박을 주거나 손찌검을 했다.

어느 날은 칠판 앞으로 불러 뺨을 때리며 왜 종례시간에 선생님 얘기를 듣지 않고 책을 보냐고 했다. 오해였지만 말할 수 없었다. 종례가 끝나고는 교무실까지 불려 갔다. 다시 혼을 내다가 갑자기 무시하는 투로 물었다.

"너희 아버지는 무슨 공무원이니?"

이런 걸 왜 묻나 싶었지만 있는 그대로 대답했다.

"검찰 공무원이요."

그런데 이 말의 효과가 엄청났던 것 같다. 사색이 된 얼굴로 눈을 동그랗게 뜬 선생님은 한참 동안 아무 말도 하지 못했다.

"그래, 이제 가봐라."

평소처럼 얻어맞을 줄 알았는데 의외의 한마디로 갑자기 상황이 평화롭게 종료되었다. 지금 생각해 보니 선생님은 강남 8학군 교사라는 이유로 자기 반 아이들이 모두 대단한 집 아이들일 거라고 생각했고, 아버지가 검찰 공무원이라 하니 검찰 고위급 간부라고 생각한 게 아닐까 싶다. 아버지는 검찰에서 일반 공무원으로 근무하셨다.

어쨌든 이런 경험을 시작으로 사회생활을 하면서도 온갖 더럽고 불합리한, 공평함과는 거리가 먼 광경을 많이 봤다.

화를 내며 택배 기사 운운하는 그 교수님 덕에 살면서

겪었던 이런저런 일들이 떠올랐다. 그에게 들었던 인격모독의 말이 지금 다 생각나지는 않지만, 당시 이분에게 배우는 학생들이 너무나 불쌍하다고 생각했다. 마치 일상생활에서 쌓인 스트레스 전부를 이 기회에 풀고 있는 듯한 느낌이 들 정도였으니 말이다.

"이렇게 화를 내실 일은 아닌 것 같습니다. 물건을 찾는 일이 중요하죠."

잘 말씀드렸는데도 그의 분노는 멈추지 않았다. 결국 차를 돌려 대학교로 다시 향했다. 그런데 도착하기 전에 장문의 문자를 받았다. 자기 연구실이 최근 ××관에서 ○○관으로 이사를 했는데, 택배를 주문할 때 그걸 잊어버리고 예전에 있던 곳 주소를 적었다는 내용이었다. 물건은 그곳에서 무사히 찾았으며 오해해서 미안하다고 했다.

문자로나마 진심 어린 사과를 들었으니 마음은 풀렸지만, 직업의 귀천에 대해 다시 한 번 생각해 보게 만든 일이었다. 오히려 이런 사람들이 직업의 귀천을 없애는 것 같다는 생각이 들었다. 귀한 직업도 자신의 말 한마디로 단번에 천하게 만들어 버리니 말이다.

택배 일을
영원히 한다면

택배 기사는 개인사업자지만 출근해 짐을 실을 때 만나는 같은 팀 동료들이 있다. 얼굴 보는 시간은 길지 않지만 어쨌든 매일 같은 공간에서 만난다는 점에서 직장 동료나 마찬가지다.

"언제까지 이 일 하려고?"

"잠깐 하는 거지?"

유일한 이십 대 택배 기사라 그런지 한동안 나를 볼 때마다 의아하다는 기색을 숨기지도 않고 이렇게 물었다. 처음에는 이렇게 해석했다.

'이 일이 얼마나 힘든 일인데 얼굴도 허여멀건 어린놈이 얼마나 버틸지 보자는 건가?'

그런데 계속 일을 하다 보니 그게 아니었다. 모두 그렇지는 않지만 택배 기사 중 일부는 자신의 일을 빠져나갈 수 없는 하나의 굴레라고 생각하는 것 같았다. 특히 나처럼 사업을 하다가 중단하고 이 세계에 들어왔는데 돈을 많이 벌게 되어 다른 일을 하기 힘들어졌다면 더 그랬다. 택배 일은 정말 그런 일일까?

지금까지 이야기했듯 내가 보기에는 택배 일은 충분히 좋은 일이다. '만약 이 일을 계속하게 된다면 어떨까?' 하루는 이런 생각을 시작했다가 종일 그 생각을 떨칠 수가 없었다. 광고회사를 운영하며 일주일에 1,000만 원씩 벌던 시절과는 당연히 비교가 안 되었지만, 보통의 직장인을 생각하면 한 달 벌이로 500~600만 원은 결코 적은 금액이 아니었다.

업무 환경을 편하게 바꿔 놓은 덕에 하루 6시간이면 일이 끝났고, 나름의 업무 루틴도 생겨 일하면서 유튜브와 팟캐스트를 들으며 생각에 잠길 여유도 있었다. 하지만 '영원히' 이 일을 한다고 생각하니 상상만으로 숨이 턱 막혔다. 이 일을 진지하게 생각하지 않아서나 좋지 않은 일이라고 생각해서가 결코 아니었다.

돈이 되든 안 되든 내가 정말 하고 싶은 일에 뛰어들고 싶다는 게 그 이유였다.

누군가는 지나치게 순진하다고 할 만한 이런 생각이 스멀스멀 올라오기 시작했다. 다시 사업을 시작할 수 있는 자금과 심적 여유가 생길수록 이런 욕망은 더욱 강해졌다.

택배를 처음 시작했을 때는 내가 정말 하고 싶은 일이 무엇인지 정확히 그려지지 않았다. 어쩌면 '진정으로 하고 싶은 일'이라는 말로 표현하는 자아실현 자체가 MZ세대가 공유하는 공통적인 망상 같은 것이 아닌가 하는 비관적인 생각도 들었다.

먹고사는 일 외에, 돈벌이 외에, 진정으로 깊은 만족을 주는 무언가가 있을 것이라는 달콤한 환상. 그런데 언제부터인가 그 환상을 현실로 이루고 싶다는 생각이 다시 들기 시작했다. 나에게는 아직 진정으로 내가 하고 싶은 일이 무엇인지 탐색하고 이루어 나갈 젊음이 있었고 의지가 있었다. 일을 하면서 계속 자기계발 유튜브를 들었다.

　삼프로TV나 일당백 같은 유명 채널부터 아무도 주목하지 않지만 스스로에게 동기부여하며 자신만의 길을 걷는 많은 사람의 이야기를 들었다. 일주일 중 쉬는 딱 하루, 일요일에는 책을 읽었다. 그리고 살면서 수시로 이곳저곳에서 수집해 내 방식대로 분류해 두었던 명언들을 읽으며 앞으로의 삶에 대해 고민했다. 그러면서 연필로 스케치를 해 나가듯 조금씩 조금씩 윤곽을 잡아갔다.

택배 기사에게는
어떤 비전이 있을까?

"당장 돈은 벌 수 있을지 몰라도 비전이 없지 않아?"

처음 택배 기사를 시작했을 때 이런 말을 들은 적이 있다. 이 말은 '택배 기사에게는 그릴 수 있는 미래가 없다'는 뜻이었다. 하지만 이는 택배업을 잘 몰라서 하는 말이다. 택배 기사로 시작해 자신만의 길을 개척한 사람들도 많다. 이 글에서는 그런 여러 길을 간단히 소개하고자 한다.

첫 번째 길은 '택배 기사 또는 집화 기사'만 하는 길이다.

택배 기사라는 직업에 만족해 평생 하고 싶을 수도 있다. 장점이 많은 직업이기 때문이다. 잘하면 대기업 월급 못지않은 돈을 받아 갈 수도 있고, 정년퇴직이라는 개념도 없어 건강이 허락하면 나이 상관없이 할 수 있다. 정년이 되기도 전 회사의 압박에 퇴직하는 요즘 직장생활 같은 불안은 더더욱 없다. 게다가 할 일만 다 하면 언제든 퇴근이 가능하다는 것도 큰 장점이다. 매일 윗선의 눈치를 보느라 퇴근을 망설일 일이 없다.

이런 장점들 때문에 어떤 분들은 일흔 넘어서까지 택배 기사로 일하기도 하고, 집배점장과 협의해 자녀나 지인에게 자신의 구역을 물려주기도 한다. 집화 기사도 크게 다르지는 않다. 다만 화주사가 다른 택배사와 계약을 하면 한순간에 일자리가 사라진다는 단점이 있다.

사람에 따라서는 담당 구역이 아무리 좋고 편해도 택배 기사를 오래 하는 게 답답할 수 있다. 정해진 일을 하고 월급을 받아 가는 게 체질에 맞지 않는 사업가형이라면 특히 그렇다. 이런 사람들은 버는 돈이 줄어도, 아니 빚을 내서 투자하는 상황이라 해도 주도적으로 자신의 사업을 하고 싶어 한다. 기사로 일하며 어느 정도 자금을 마련한 뒤 그만두고 사업을 할 수도 있겠지만 택배 업계 안에서 택배 기사로서의 경력을 발전시켜 다른 길을 도모할 수도 있다.

두 번째 길은 '집배점장'이 되는 것이다.

집배점은 택배 기사 개개인이 소속된 곳으로 본사와 계약해 구역을 맡고 그 구역에 배송할 택배 기사를 고용하고 관리하는 일을 한다. 어디까지나 본사와 계약해 본사 매뉴얼에 따라 운영해야 하니 다른 개인 사업보다 자유도는 덜하지만 택배 기사만 하는 것보다는 훨씬 사업에 가깝다.

집배점 업무에서는 택배 기사의 인력 관리가 가장 비중이 높은 일이라 택배 현장 경험 없이 집배점장을 하기란 불가능에 가깝다. 이 때문에 집배점장은 택배 기사 출신이 많다. 본사와 계약하고 매뉴얼을 따른다는 점에서 '프랜차이즈 자영업' 같다고 생각할 수도 있지만, 넓은 구역에서 많은 택배 기사를 관리하는 집배점장 중에는 어지간한 중소기업 사장만큼 큰돈을 버는 분도 있다. 또한 한 택배사만이 아니라 여러 택배사와 계약해 집배점을 몇 개씩

동시에 운영하는 집배점장도 있다.

　물론 수입은 집배점마다 다르다. 집배점 사정에 따라 택배 기사보다 돈을 못 버는 집배점도 있다. 그러면 집배점장이 집배점을 운영하며 택배 기사를 겸업하기도 한다. 집배점 중 돈을 많이 버는 곳과 적게 버는 곳은 어떤 점에서 차이가 있을까?

　집배점이 돈을 버는 길은 크게 두 가지다.

　집배점 수입 중 하나는 '택배 배송 기사'를 고용하고 관리하면서 얻는 수수료다. 그리고 또다른 수수료는 집화 수수료다. 그 둘을 겸비한 집배점도 있다. 그리고 그중에서 돈을 많이 버는 집배점은 시간 대비 많은 물량을 소화할 수 있는 '집화'가 주 수입인 쪽이 많다.

　집화를 괜히 '택배의 꽃'이라 부르는 게 아니다. 집화 수수료가 배송 수수료보다 낮지만 시간 제약이 덜하니 처리량의 제한이 거의 없다. 한 집 한 집 물건을 가져다 놓는 배송은 한 사람이 하루에 할 수 있는 양이 정해져 있다. 이와 달리 집화는 하루에 1,000개~2,000개 하는 게 가능하다. 물건이 작고 가볍다면 많게는 5,000개 이상도 한다.

큰 트럭을 한곳에 정차시켜 두고 대량의 물건을 여러 명이 붙어 빠르게 실을 수도 있기 때문이다.

결론은 집배점이 큰 수익을 내려면 집화를 많이 해야한다. 하지만 택배 기사를 해 본 경험밖에 없다면 집화를 주 수입원으로 만들기가 쉽지 않다. 집화로 돈을 버는 사람들도 어지간해서는 자신의 영업 노하우를 알려 주지 않는다. 영업 노하우는커녕 집화 영업은 어떻게 하는지, 영업에 성공한 후 화주사와 계약은 어떻게 하는지 등 기본적인 정보도 처음엔 알기 어려운 경우가 많다.

집화 계약에 성공한 뒤 필요한 고객 서비스, 직원 관리, 정산 업무 등을 가르쳐 주는 곳이 어디에도 없다. 이런 부분은 택배사 매뉴얼에도 없다. 그렇게 아무것도 모르고 있으면 어찌어찌 운이 닿아 큰 집화처(화주사)와 계약할 기회가 와도 그 기회를 잡기가 쉽지 않다.

나중에 집배점을 운영해 보고 싶은 마음이 있다면 택배 기사를 하면서 미리 집화에 대해 경험을 쌓아 놓으면 좋다. 가장 좋은 방법은 집화를 많이 하는 집배점에서 일을 도우면서 택배와 집화를 겸업하거나 집화 전문 기사로 일해 보는 것이다. 그리고 집배점장과 협의해 집화 영업에 도전해 보면 일을 많이 배울 수 있다.

집화의 중요성을 아는 집배점이라면 소속 택배 기사나 집화 기사가 집화 영업에 관심이 있다고 했을 때 싫어할 곳은 하나도 없다. 오히려 반기며 다른 택배 기사에게는 알려주지 않는 다양한 정보나 영업 노하우를 알려주기도 한다. 이런 노하우를 바탕으로 직접 영업을 하고 화주사와 미팅도 하면 어디에서도 배울 수 없는 집화에 대한 기초 지식을 쌓을 수 있다.

여기에서 세 번째 길이 열린다. 집화 영업이다.

집화 영업을 잘하게 되면 굳이 집배점을 차리지 않아도 수입원을 만들 수 있다. 괜찮은 집화처가 있으면 영업을 해서 자신이 알고 있는 알맞은 집배점으로 연결시켜 주고 해당 집배점에서 개발 수수료를 받는 것이다. 이를 위해서는 직접 집화 기사로 일하면서 여러 집배점장과 안면을 쌓고, 각 집배점마다 어떤 장단점이 있는지 파악해 두는 게 좋다.

이 방법은 '내 사업체를 가졌다'는 뿌듯함은 좀 덜할 수 있으나 집배점을 차렸을 때 고려해야 하는 수많은 변수와 여러 택배 기사와 집화 기사를 관리하는 수고는 덜면서 자신의 사업적 역량을 발휘할 수 있다.

그렇다면 이런 궁금증이 생길 수도 있겠다. 택배 기사, 집화 실무 경험의 과정을 건너뛰고 바로 집화 영업에 뛰어들 수는 없나? 결론부터 말하면 불가능에 가깝다. 그 이유를 한번 살펴보겠다.

영업 대상인 고객, 그러니까 집화처 중 물량이 많은 곳은 대부분 이미 택배를 계약하고 이용한 경험이 있다. 이런 업체를 상대로 '우리 업체가 어떤 점에서 더 낫다'고 설득하려면 소속 택배사와 집배점, 터미널은 물론이고 택배에 대한 전반적인 시스템을 잘 알고 있어야 유리하다. 그러려면 실무 경험이 있어야 한다. 택배 기사를 먼저 해 보았다는 전제 아래 집화 영업에 도전하라고 한 이유는 이 때문이다.

고객을 설득해서 계약하고, 그 뒤로도 다양한 니즈를 충족시키기 위해서는 택배 시스템과 현장, 실무를 잘 알아야 한다.

단순히 택배 기사에 머물 것이 아니라면, 집배점을 차리든 집화 영업을 하든 가장 중요한 핵심은 '인맥'과 '공부'다. 폭넓은 네트워크를 통해 정확한 정보를 많이 입수할수록 내가 속한 곳과 나 자신의 장단점이 무엇인지 다른 곳과 비교해 정확히 알 수 있기 때문이다. 또한 고객이 다른 곳과 계약해 택배를 보내면서 어떤 점이 불편했는지, 좋았는지를 파악해 더 개선된 제안을 하여 나와 계약하도록 할 수도 있다.

공부가 중요한 이유는 어느 업계나 마찬가지겠지만 사업 확장 가능성을 열어 두기 위해서다. 집배점을 운영하는 분들 중에서는 임시 인력을 제공하는 '용차' 사업이나 물류 업무 중 일부 혹은 전체를 위탁받아 운영하는 방식의 3PLThird Party Logistics을 병행해 수입을 내는 경우도 있다. 이렇게 여러 수입원을 만들어 놓으면 한 가지 사업이 흔들려도 버틸 힘이 생긴다. 그러나 물류 전반의 시스템에 대해서는 무지하고 택배 실무 경험만 있는 상태라면 사업을 확장할 기회가 와도 잡기 힘들다. 이 때문에 택배뿐 아니라 물류 전반은 물론, 최근 이슈를 빠르게 업데이트하는 공부가 필요하다.

여기까지 택배 기사가 갈 수 있는 세 가지 길에 대해 알아보았다. 하다가 어느 정도 돈을 모은 뒤 완전히 다른 일을 찾을 생각이 아니라면 누구나 이 세 가지 길 중 하나를 택할 수밖에 없다. 그러니 기왕 택배 기사를 하자고 마음먹었다면 앞으로 어떤 길을 택할지 미리 생각해 보고 대비하면 좋겠다.

택배비는 어떻게 분배될까?

택배 기사나 집화 기사에게는 '배송한 만큼의 수수료'가 월급이다. 정해진 기본급은 따로 없다. 자신이 배송하거나 집화한 수량에 사고 건 등을 공제한 뒤 건당 수수료를 계산해 정산받는다. 그런데 내 땀의 대가인 소중한 수수료를 별생각 없이 주는 대로 직장인 월급처럼 받아 가는 기사들도 있다.

하물며 월급이 정해져 있는 직장인도 이번 달 야근 수당은 제대로 들어왔는지, 이중으로 떼인 세금은 없는지 월급 명세표를 꼼꼼히 살펴보는데, 일한 만큼 받아가는 택배 기사들이 수수료를 주는 대로 받아 가서는 안 된다. 있어서는 안 되는 일이지만 수수료에 대해 잘 모르는 택배 기사가 받아야 할 돈을 제 몫으로 챙기는 집배점도 간혹 있기 때문에 '내가 한 만큼 제대로 돈이 들어왔는지' 스스로 챙겨야 한다.

하지만 택배 한 건의 대금은 복잡한 계산을 거쳐 본사와 집배점, 기사가 나누기 때문에 내가 수수료를 제대로 받고 있는지 파악하기란 쉬운 일이 아니다. 기사들도 주는 대로 받고 싶어서 받는 것은 아니라는 사실을 나도 잘 알고 있다. 택배사마다 배분 기준도 달라서 아무 정보도 없는 상태에서 정확하게 계산하고 따져 보기란 불가능에 가깝다. 그래도 대략적인 계산법을 알면 내 수수료에 해당하는 부분의 정확한 비율을 물어볼 수 있고 다음 달이 내 수수료가 제대로 들어오고 있는지 확인이 가능하다.

이 글에서는 배송 혹은 집화 수수료가 어떻게 계산되는지 궁금한 택배 기사 종사자나 지망자를 위해 수수료를 직접 계산하면서 살펴보고자 한다. 계산에 사용한 택배 단가는 2023년 3월 6일 하이투자증권에서 발표한 2022년 H택배 평균 택배 단가 2,418원을 기준으로 했다. 수수료율은 실제 존재하는 곳이 아닌, 가상의 택배사와 집배점을 가정하고 대략적인 평균을 내고자 임의로 정했기 때문에 실제 수수료와는 다를 수 있다.

이제 본격적으로 택배비에서 집화 기사, 택배 기사의 수수료가 어떻게 측정되는지 살펴보겠다. 택배비는 크게 사회적 비용, 집화 수수료, 본사, 배송 수수료 이렇게 네 가지로 나뉜다. 물론 이것은 아주 단순화해서 크게 분류했을 때의 이야기지만 이것만 대략 알고 있어도 내 수수료를 역으로 분석해 볼 수 있다.

택배비 1. 사회적 비용

택배비가 어떻게 나눠지는지 계산할 때 처음으로 고려할 부분은 사회적 비용이다. 여기서 사회적 비용이란 택배 기사 과로사 방지를 위한 분류 인력 투입과 고용·산재보험 가입을 위해 산정된 비용을 말한다. 사회적 비용은 수수료를 정산받을 때 처음부터 제하고 계산되는 비용이므로 기사 입장에서는 처음부터 없는 비용이라 생각하는 편이 편하다.

여기서는 앞에서 이야기한 택배비 2,418원 기준으로 사회적 비용을 170원이라 계산해 보겠다. 택배비 2,418원에서 사회적 비용 170원을 빼면 남은 금액은 2,248원이다. 사회적 비용을 제외한 금액 2,248원을 기준으로 나머지 수수료율을 반영해 계산한다.

택배비 2. 집화 수수료

택배사마다 집화 수수료율이 모두 다르지만 여기에서는 대략 중간쯤인 23퍼센트로 산정해 보았다. 집화 수수료는 15퍼센트 이하 또는 30퍼센트 이상이 될 때도 있으니 참고용으로만 보면 된다.

택배비 2,418원에서 사회적 비용 170원을 제한 기준 금액은 2,248원이었다. 2,248원에서 집화 수수료에 해당하는 23퍼센트는 517원이다. 그런데 이 금액 모두가 집화 기사 몫은 아니고 517원을 집배점과 집화 기사가 나누어 갖는다. 이를 나눌 때도 비율은 다 다르지만 집배점 30% 집화 기사 70%라고 가정하고 계산해 보자. 그럼 집배점은 155원, 집화 기사는 362원을 가져간다.

이때 물건이 작거나 개수가 많을수록 집화 기사가 가져가는 몫이 적어지기도 한다. 무거운 물건보다 가볍고 작은 물건이 집화 기사 입장에서는 훨씬 옮기기 쉽기 때문이다. 물건이 가볍고 수량이 많으면 기사와 집배점이 수수료를 반반씩 나누거나 집배점이 더 가져가는 경우도 있다. 그러나 여기에서는 그냥 집화 기사가 362원을 가져간다고 치자.

이 362원에서도 또 빠지는 비용이 생길 수 있다. 집배점에 따라 집화 기사가 초반에 화주사에 운송장 인쇄용 프린터기를 지급하고, 운송장을 지원하기도 한다. 이런 경우 집배점에서 수수료를 정산할 때 이런 비용은 공제하고 준다. 운송장은 택배사마다 다르지만 가장 많이 쓰는 5인치 운송장이라 치면 한 장당 20원쯤(이마저도 택배사마다 모두 다르다. 10원 대 초반도 있고 20원 대 후반도 있기에 중간값 20원으로 잡았다) 잡고 계산하자. 주소를 잘못 기재했거나, 인쇄가 밀렸거나, 운송장이 손상되어 재출력하는 일이 있으니 손실률 10퍼센트까지 고려해 22원으로 치면 된다. 계산하면 집화 기사가 택배 한 건을 집화하고 실제로 통장에 받는 금액은 340원이다.

손실률을 너무 높게 잡은 게 아닌가 의문을 품는 사람도 있을지 모르겠다. 이에 관해서는 관록 있는 어느 집배점점장님의 의견을 조심스럽게 인용하고 싶다. 화주사 입장에서는 운송장 비용을 자신들이 아닌 집화 기사나 집배점에서 부담한다는 사실을 알아 비교적 실수에 관대하게 대처하는 경우도 있고, 아껴야 하는 생각이 덜하다고 한다. 10퍼센트도 현실에서는 과하지 않다.

집화에 대해 조금 더 이야기하자면 건당 수수료를 받는 집화 기사와 계약하지 않고 월급제 직원을 고용하거나 일당 10만 원을 주고 용달을 고용하는 경우도 있다. 건당 수수료를 받는 집화 기사의 경우, 단순히 상품 수거만 하는 사람도 있지만 본인이 화주사를 대상으로 영업력을 발휘하는 사람도 있다. 집배점에서는 집화 기사가 새로운 화주사를 영업해 오면 개발비라는 명목으로 수수료에서 일정 비율을 기사에게 추가로 지급하거나 건당 몇십 원을 지급한다. 이때 추가 지급하는 기간은 다양하다. 초반 3개월까지만 개발비를 지급하는 집배점도 있고, 영업한 업체의 계약이 끝나지 않는 한 계속 개발비를 지급하는 집배점도 있다.

택배비 3. 본사

본사가 가져가는 비용은 36퍼센트로 산정해 보았다. 택배 한 건당 계산하면 2,248원의 36퍼센트인 809원이 본사에 들어간다. 본사는 이 금액으로 각종 투자부터 임직원 급여, 터미널 인력 도급사, 간선사, 영업 경쟁력을 위한 물류거점 확충, IT개발, 노후장비·시설물 개보수 등을 한다.

택배비 4. 배송 수수료

마지막으로 택배 기사가 받는 비용이 얼마인지 알아보자. 배송 수수료는 41퍼센트를 산정했는데, 보통 최저 35퍼센트부터 시작한다. 2,248원의 41퍼센트는 921원이다. 배송 수수료 역시 앞서 살펴본 집화 수수료처럼 집배점과 택배 기사가 나누는데 여기서는 집배점 12퍼센트, 택배 기사 88퍼센트의 비율로 계산해 보았다. 그렇다면 집배점은 110원, 택배 기사는 811원을 가져간다. 물론 이것도 집배점마다 비율이 달라 천차만별이며, 드물지만 어떤 곳은 집배점에서 30퍼센트 이상을 떼는 곳도 있다.

여기까지 H택배 평균 택배 단가를 기준으로 임의로 퍼센트를 정해 택배비가 어떻게 분배되는지 간단하게 알아보았다. 물론 이것은 대략적인 비용을 보여 주기 위해 최대한 단순화한 계산이다. 사실 이렇게 간단하지 않다. 택배사, 택배 크기와 무게, 급지 등에 따라 택배비가 달라지고 이와 연동된 집화 수수료와 배송 수수료도 달라지기 때문이다.

각 택배사는 각자의 기준에 따라 본사와 집배점, 집화 수수료, 배송 수수료를 산정하며, 이는 매년 조금씩 복잡해지고 세분화되고 있다. 또한 택배사에서 단가 가이드와 수수료율을 정할 때는 택배 기사, 집화 기사, 집배점이 갈등 없이 원만하게 받아들일 수 있도록 최적의 단가와 비율을 계산해 정하고 있는 것으로 알고 있다.

택배비가 어떻게 나눠지는지 잘 모르고 주는 대로 받으면, 손해를 봐도 말을 할 수 없다. 그러면 택배 기사 개개인의 수입은 적어지고 그만큼 집배점이 많이 가져가게 된다. 택배 기사나 집화 기사라면 내가 수수료를 얼마나 받고 있는지, 최소 보장된 금액이 맞는지 알아보거나 주변과 비교해 봐야 한다.

'500원, 800원에서 더 가져가 봤자 얼마라고?'

이렇게 생각할 수도 있겠지만 위 택배비 계산에서 살폈다시피 계산이 세분화되어 있고 물량이 많기 때문에 한 달 동안 쌓이면 큰 차이를 만들어 낸다. 따라서 100원, 200원 차이도 택배 업계에서는 큰돈이다. 이를테면 상자 하나당 수수료가 200원 차이 난다고 치자. 200원만 보면 작은 돈 같지만 월 6,000개를 배송한다고 했을 때 한 달에 120만 원 차이가 생긴다.

주변을 보면 같은 집배점 안에서도 수수료를 다르게 받는 경우도 있다. 그런데도 수수료에 대해 제대로 따져 보지 않고 그냥 주는 대로 받는 택배 기사님들이 거의 대부분이다. 이런 경우 나중에 억울하다고 해도 어쩔 수 없는 부분이니, 택배 기사를 준비하고 있거나 현직 택배 기사라면 꼭 수수료에 대해서는 제대로 알아 놓고 열심히 일한 만큼의 대가를 받도록 하자. 내 권리는 내가 챙겨야 한다.

나를 다시 꿈꾸게 만들어 준 택배

앞에서도 이야기했지만 택배 일을 하기 전에 나는 은둔형 외톨이였다. 스물여섯, 믿었던 사업 동료에게 사기를 당해 8,000만 원의 돈을 날리고 무너진 뒤 모든 의욕을 잃고 집에 틀어박혔다. 그로부터 1년 반 동안 밤낮이 완전히 바뀐 채로, 계절이 오고가는 줄도 모르고 방 안에서 종일 누워 있다가 때때로 허무한 글을 썼다. 시간이 지날수록 점점 더 예전의 활기찬 모습을 잃었다. 매일 샤워를 하던 내가 머리는 사나흘에 한 번 감고 이를 이틀에 한 번 닦을 정도였다.

택배 일은 그런 내가 세상에 다시 나온 뒤 제대로 도전

했던 일다운 일이었다. 부지런히 몸을 움직여 걷고 뛰면서 책임감이 생기고 열심히 살아야 한다는 의욕이 생겼다. 택배는 내게 의지를 다질 수 있는 일, 고단하기는 해도 삶의 기반이 되어주는 일, 다른 무슨 일이든 가능하게 만들어 주는 초심을 깨우는 일이었다.

세상에 나오기로 결심한 이상 오히려 고생을 사서 하고 싶었다. 고단한 하루하루를 쌓아 가다 보면 집 안에 웅크리고 있던 동안 연약해진 마음도 단단해질 수 있을 것 같았다. 그렇게 땀 흘려 세상으로 나오면 새로운 기회를 만들 수도 있겠다고 생각했다.

택배는 절박함이 있어야 할 수 있는 일이다. 하루에 수천 계단을 오르내려야 한다. 비가 와도 우산을 쓰는 것은 사치다. 그래도 웃음이 나왔다. 지금의 고생이 앞으로 살아갈 삶에 필요한 기초 체력이 되리라는 사실을 알았기 때문이었다. 처음에는 매일 그만둘까 하는 생각을 수없이 했지만 그만두기에 나는 너무 절박했다.

돈이 문제가 아니었다. 힘들다고 그만두면 세상에 다시 뛰어드는 일 자체를 꺼리게 될 것 같았다. 그래서 결심했다. 고달픈 하루하루를 이겨내며 나만의 삶을 꾸려 나갈 수 있는 체력을 매일 만들겠다고. 그렇게 결심한 후부터는 힘들어서 그만두겠다는 생각 같은 것은 들지 않았다. 꾸준히 한다는 그 자체가 삶을 튼튼하게 하는 일이니 그만두더라도 일이 쉽게 느껴질 때 그만두겠다 마음먹었다.

택배가 육체노동이어서 하찮다는 생각은 전혀 하지 않았다. 대표로 내 사업을 해 나갈 때나 마찬가지로 이 일에 최선을 다했다. 택배 기사로서 상자가 아닌 마음을 전한다는 각오로, 상자 하나하나에 나의 마음을 쏟아부었다. 다른 생각은 하지 않았다.

가치 있는 일이라 생각하니 빨리 승부를 봐야 한다는, 혹은 돈을 벌어야 한다는 조급함은 조금씩 사라졌고 나중엔 일을 즐기게 되었다.

많은 사람에게 더 편리하고 즐거운 삶을 선사하는 직업이라고 생각했기 때문이다. 택배 기사는 누구나 자신이 담당하는 구역에서는 '택배 기사' 이미지를 대표하는 존재다. 이에 대한 책임감과 자부심을 느끼며 일했다.

처음에는 물건 배달에만 집중했지만 나중에는 고객과 나 모두에게 좋은 효율적인 배송 방법을 고민했다. 그 결과 사람들이 생각하지 못했던 업무 프로세스를 만들고 환경을 조금씩 변화시켰다. 그 덕에 어딜 가든 더 나은 환경을 만들 수 있다는 자신감도 생겼다.

운전하고 걷고 뛰면서 많은 생각을 했다. 부지런히 몸을 움직이며 나에게 돈을 갈취한 예전 동료에게 차올랐던 증오와 분노부터 먼저 비우고자 했다. 마음이 조금 평안해진 뒤에는 유튜브를 들었다. 긍정적인 사람의 이야기, 단단한 마음을 가지고 자신만의 삶을 살아가는 사람의 이야기를 들어 보려고 했다.

나보다 더 힘든 일을 겪어도 이겨낸 사람이 많구나. 좌절을 딛고 자신의 꿈을 펼쳐 나같이 절망했던 사람들에게 용기와 희망을 줄 수도 있구나. 그렇게 나의 뇌는 조금씩 변했던 것 같다.

상처받기 전 품었던 꿈이 다시 꿈틀거렸다. 내가 원하는 삶은 뭐지? 어떤 꿈을 꾸고 있었지? 예전의 패기 있던 나로 돌아갈 수 있다는 희망도 품게 되었다.

돌아보니 택배 기사 일은 묵은 마음을 비워 내고 새로운 마음을 채우는 과정이었다.

책에는 좋은 부분을 중심으로 담았지만 사실 수많은 실수와 실패, 부상이 있었다. 운전하며 울타리와 표지판을 박은 적도 있다. 택배차 짐칸 문을 열고 도로를 주행한 아찔한 날도 있다. 벽에 부딪혀 짐칸 문이 망가지기도 했다. 물건을 잃어버린 적도 있고, 일을 시작한 초기에는 고객에게 연거푸 사과해야 할 일도 있었다.

비가 오면 자주 미끄러졌고 무거운 짐을 들다 넘어져 발목 부상도 많았다. 한의원에만 수십 번을 갔다. 그러나 그것은 모두 잠시였고, 결국 나를 성장시키는 기회였다. 그 기회를 통해 나의 꿈, 내가 꿈꿔왔던 업, 내가 앞으로 할 일을 스스로 택할 수 있다고 확신하게 됐다.

나의 미래를 제한하는 존재는 바로 나였다. 나를 방 안에 가둔 것도 바로 나였다. 택배 일을 하며 난 조금 더 자유로운 사람이 되었다.

그렇게 자유로워지고 나니 나의 초심이자 나를 단단하게 만들던 일이 어느 순간 안주하게 만드는 '안전지대'가 되었다고 느꼈다. 앞으로 다가올 더 큰 세계에 몸을 던지고 싶었다. 택배 기사는 좋은 직업이었고 나름대로 자부심도 있었지만 다른 일로 세상에 보탬이 되고 싶다는 꿈이 더 커졌다. 세상이 두려워 집에 박혀 있었던 과거의 나라면 '여기만큼 돈 버는 일이 있을까? 나가면 후회하지 않을까?' 두려워하며 스스로를 제한했을지도 모른다.

서커스단에서 코끼리를 길들일 때 어린 코끼리를 말뚝에 묶어 놓는다고 한다. 새끼 코끼리는 가고 싶은 곳에 마음대로 돌아다니려 하지만 연거푸 실패하고 만다. 그렇게 실패의 경험이 반복되면 코끼리들은 더 이상 말뚝을 뽑고 다른 곳으로 가려는 시도를 하지 않게 된다. 어느새 훌쩍 자라나 말뚝 따위는 발길질 한 번에 뽑아버릴 힘을 갖게 되어도 말이다. 사람도 이와 같다. 자신이 기억하는 실패의 경험 때문에 현재나 미래에 더 발전할 가능성을 제한하지 말자는 생각이 들었다. 그래, 더 큰 우물로 나아가자. 그렇게 결심하고 나는 택배를 그만두기로 했다. 택배를 시작한 지 1년이 된 시점이었다.

택배를 그만둔 후 나는 잠깐의 휴식 시간을 가지며 무작정 읽고 썼다. 매일 출근하듯이 도서관에 들러 책을 읽고 글쓰기 플랫폼 브런치에 〈29살 택배 기사입니다〉를 연재했다. 단순히 내 경험을 정리하고 싶은 마음에 한 일이었지만 그 덕에 이렇게 책까지 낼 수 있게 되었다. 같은 내용으로 인터넷 신문에 연재하고 나아가 다른 주제의 시사, 인문 칼럼을 쓰는 기회를 얻기도 했다.

택배 기사를 하며 틈틈이 공부해 그동안 조금씩 준비했던 심리학 학사 학위 취득을 마무리했다. 쉬면서 읽고 쓰는 시간 동안 심리학에 대해 좀 더 깊게 공부해 보고 싶다는 생각이 들었다. 과거의 나처럼 아프고 힘든 상황에 처한 사람들의 마음을 보듬고 싶다는 꿈이 생긴 것이다. 그래서 현재는 상담심리사 자격증을 취득하기 위한 수련 과정 중에 있다.

학비와 생활비 마련을 위해 2023년 하반기부터는 집화 일을 시작했다. 주 5일, 하루에 3~4시간만 하면 되는 일이기에 공부를 병행할 수 있다. 택배 기사로 일하지 않았다면 이렇게 공부를 병행할 수 있는 일을 구하기 어려웠을 것 같다.

이렇듯 나는 지금도 여러 시행착오를 거치며 살아가고 있다. 어떻게 생각하면 안정적인 일을 버리고 이런 삶을 살고 있는 게 철없는 생각일 수도 있겠지만, 내 꿈을 향해 달려 나가는 지금이 더 자유롭게 느껴진다. 어떻게 생각하면 택배 일을 통해 오랜 시간 잊고 있었던 나 자신을 되찾은 것 같기도 하다.

에필로그를 쓰면서 인터넷 서핑을 하다 보니 요새는 MZ세대가 '손노동'에 빠졌다는 기사가 많이 보였다. 문재인 전 대통령이 추천한 것으로 유명한, 청년공의 이야기를 담은 책 《쇳밥일지》를 많은 사람이 공감하고 읽었다는 소식도 들었다. 청년의 육체노동이 예전보다 진지하게 다뤄지는 것 같다. 이런 분위기를 환영하는 마음이다.

인생은 내가 나를 제한하지 않고 원하는 것을 꿈꾸면서 실천하면 바뀔 수 있다. 사회도 마찬가지 아닐까? 구성원들이 자유에 대한 상상력을 제한하지 않고 마음껏 꿈꾸고 실천하면 잘못됐던 부분도 바로 잡을 수 있을 거라 생각한다.

청년이 어떤 노동을 하더라도 당당하고 자부심 있게 하는 날이 오기를, 고졸이든 육체노동에 종사하든 상관없이 모든 청년이 자신만의 큰 꿈을 품고 도전할 수 있는 세상이 오기를 진심으로 바란다. 나 역시 나만의 새로운 길을 찾아 한발 내디뎌 보려 한다. 더불어 이 사회도 조금씩 변화되기를 꿈꾼다.

청년 택배 기사
자본주의에서 살아남기

초판 1쇄 발행   2024년 7월 29일

지은이   김희우
펴낸곳   (주)행성비

펴낸이   임태주

편집총괄   이윤희
책임편집   장혜원
디자인   페이지엔
마케팅   배새나

출판등록번호   제2010-000208호
주소   경기도 김포시 김포한강10로 133번길, 710호
대표전화   031-8071-5913
팩스   0505-115-5917
이메일   hangseongb@naver.com
홈페이지   www.planetb.co.kr

ISBN 979-11-6471-269-4 (03810)

※ 이 책은 저작권법에 따라 보호를 받는 저작물이므로 무단 전재와 무단 복제를
   금합니다. 이 책 내용의 일부 또는 전부를 이용하려면 반드시 저작권자와 (주)행
   성비의 동의를 받아야 합니다.
※ 책값은 뒤표지에 있습니다. 잘못 만들어진 책은 구입하신 서점에서 교환해 드립
   니다.

행성B는 독자 여러분의 참신한 기획 아이디어와 독창적인 원고를 기다리고 있습니다.
hangseongb@naver.com으로 보내 주시면 소중하게 검토하겠습니다.